Frisch | Biedermann und die Brandstifter

Lektüreschlüssel XL

für Schülerinnen und Schüler

Max Frisch

Biedermann und die Brandstifter

Von Wolfgang Pütz

Reclam

Dieser Lektüreschlüssel bezieht sich auf folgende Textausgabe:
Max Frisch: *Biedermann und die Brandstifter. Ein Lehrstück ohne Lehre. Mit einem Nachspiel.* Frankfurt a. M.: Suhrkamp, [23]2020.

Lektüreschlüssel XL | Nr. 15505
2023 Philipp Reclam jun. Verlag GmbH,
Siemensstraße 32, 71254 Ditzingen
info@reclam.de
Druck und Bindung: Elanders Waiblingen GmbH,
Anton-Schmidt-Straße 15, 71332 Waiblingen
Printed in Germany 2026
RECLAM ist eine eingetragene Marke
der Philipp Reclam jun. GmbH & Co. KG, Stuttgart
ISBN 978-3-15-015505-9
reclam.de

Inhalt

1. Schnelleinstieg

Autor	Max Frisch (1911–1991)
Veröffentlichung	1957/58 (Hörspielfassung/Drama), Uraufführung am 29. 3. 1958 am Schauspielhaus Zürich
Gattung	Drama mit dem Untertitel »Ein Lehrstück ohne Lehre«, das vom Autor auch als Parabel bezeichnet wird
Epoche	Nachkriegsliteratur, Literatur nach 1945
Ort und Zeit der Handlung	Kammerspielartige Beschränkung des Handlungsortes auf die Wohnstube (Ebene 1) und den Dachboden (Ebene 2) des Hauses, in dem der Fabrikant Gottlieb Biedermann mit seiner Frau Babette lebt. Konkrete Hinweise zu Wohnort, Landschaft und Land fehlen. Eine datierbare historische Zeit ist ebenfalls nicht gegeben; Indizien wie elektrisches *»Licht«* (S. 18 u. ö.), *»Armbanduhr«* (S. 21) und Automobil (S. 40) weisen auf die technische Moderne hin, die Erwähnung des Liedes *Lili Marleen* (1938) auf die Zeit des Zweiten Weltkriegs und auf die Nachkriegszeit nach 1945.
Handlung und Werkaufbau	**Thema:** Nichts sehen, nichts hören, nichts sagen – Konformismus und Opportunismus als Möglichkeitsbedingungen des Bösen
Szene 1 Exposition	*Später Abend vor dem eigentlichen Beginn des Dramas. Auftritt der Feuerwehr als antiker Chor mit Chorleiter. In Anwesenheit des vermögenden Haarwasserfabrikanten Biedermann warnen die Männer in Feuerwehruniform vor Bränden, bevor sie die Nachtwache antreten.*

Vorabend und erster Tag der Handlung	Biedermann empört sich über die Zeitungsmeldung von einem Brandanschlag, lässt aber den mutmaßlichen Täter Josef Schmitz aus Furcht vor dessen bedrohlichem Aussehen in sein Haus und duldet nahezu widerstandslos dessen Anwesenheit und Aufdringlichkeit. Anstatt gegen den verdächtigen Serientäter vorzugehen, zieht es Biedermann vor, ihn reichlich zu bewirten und ihm auf dem Dachboden Unterschlupf zu gewähren. Zur gleichen Zeit verweigert Biedermann ein persönliches Gespräch mit Herrn Knechtling, einem langjährigen und zuverlässigen Angestellten seines Unternehmens, der um die Rücknahme seiner Kündigung bittet. Dieser hatte die finanzielle Beteiligung an einer von ihm gemachten Erfindung gefordert und war daraufhin von Biedermann entlassen worden.
Szene 2 Steigerung	*Chor und Chorführer berichten in Anwesenheit von Biedermanns Ehefrau Babette, die sich angesichts verdächtiger Hinweise auf fremde Personen im Haus besorgt zeigt, von ihrer Wache in der Nacht zwischen dem ersten und zweiten Tag.*
Morgen des zweiten Tages; Nacht zwischen dem zweiten und dritten Tag	Biedermann geht aus dem Haus. und überlässt es seiner Frau Babette, dem nächtlichen ›Gast‹ ein Frühstück zu servieren. Ihr macht die Anwesenheit des Fremden Angst, doch wahrt sie ihm gegenüber die Formen freundlicher Höflichkeit und geht sogar so weit, dass sie auf Schmitzens provokante, aber zutreffende Unterstellung, dass sie ihn für einen Brandstifter halte und ihn »los sein« (S. 23) möchte, mit relativierenden Beschwichtigungen

	reagiert und schließlich verstummt. In diesem Augenblick meldet das Dienstmädchen die Ankunft eines weiteren Fremden. Es handelt sich um den ehemaligen Oberkellner Willi Eisenring, der, wie Babette auf ihre Frage nach dessen Identität erfährt, ganz offenbar ebenfalls ein Brandstifter ist.
Szene 3 **Steigerung**	*In einem kurzen Zwischenspiel in der Nacht vor der folgenden Szene kommentieren Chor und Chorführer mit sorgenvollen Worten die mysteriösen Vorgänge im Hause Biedermann.*
Morgen des dritten Tages	Die Schwerverbrecher treffen auf dem Dachboden alle Vorbereitungen für einen Brandanschlag. Biedermann fordert in äußerster Wut Einlass, um Schmitz aufgrund nächtlichen Lärms in der Nacht des Hauses zu verweisen. Sein Zorn steigert sich, als er den zweiten Mann bemerkt, von dessen Anwesenheit ihm seine Frau offenbar nicht berichtet hat. Obwohl ihm bewusst sein muss, dass es sich bei den im Raum befindlichen Behältern um Benzinfässer handelt, unterlässt er es, einen inzwischen eingetroffenen Polizisten, der ihm über die Selbsttötung Knechtlings Bericht erstattet, über die kriminellen Handlungen der Fremden aufzuklären.
Szene 4 **Höhepunkt** **Peripetie**	*Chor und Chorführer zeigen sich zwar beruhigt, dass es in der Nacht keinen Feueralarm gab, geben sich aber äußerst besorgt angesichts der Tatenlosigkeit Biedermanns. Dieser verwahrt sich gegen die gegen ihn gerichteten Vorwürfe der Feuerwehr und bagatellisiert die unheimlichen Geschehnisse in seinem Haus.*

Vierter Tag	Während die Brandstifter ihre Vorbereitungen für einen Brandanschlag fortsetzen, gibt Biedermann, der ausdrücklich das vermeintliche Risiko einer Anzeige gegen die beiden scheut und sich stattdessen mit ihnen arrangieren möchte, seiner Frau und dem Dienstmädchen Anweisungen für die Vorbereitung eines gemeinsamen Abendessens. Im folgenden Gespräch auf dem Dachboden zeigt er sich gegenüber Eisenring, der währenddessen ganz unverblümt die Arbeiten zur Durchführung des geplanten Attentats fortsetzt, als höflicher und fast unterwürfiger Gastgeber; er bespricht mit dem Verbrecher sogar fachliche Details zur Vorbereitung einer Brandstiftung und leistet praktische Hilfe, bevor er schließlich die Einladung zum gemeinschaftlichen Abendessen ausspricht. Nachdem Biedermann wieder nach unten in seine Wohnung zurückgekehrt ist, verlässt der bislang verborgene Initiator des Attentats, Dr. Phil., sein Versteck. Wenig später bittet dieser darum, von Biedermann gehört zu werden, um sich von dem terroristischen Vorhaben zu distanzieren.
Szene 5 Fallende Handlung	*Chor und Chorführer, die sich nun bereits im Alarmzustand befinden und die nötigen Maßnahmen zur Brandabwehr ergreifen, äußern sich in einem knappen Kommentar zu dem verbrecherischen Treiben dieses Mannes, der als »Weltverbesserer« (S. 48) und Chefideologe im Hintergrund des Attentats agiert.*

Abend des vierten Tages	Um die beiden Männer, einen arbeitslosen Ringer und einen ehemaligen Kellner nicht zu brüskieren, entfernt Biedermann vor dem gemeinsamen Abendessen alle Insignien bürgerlichen Reichtums vom Tisch. In einer kurzen, an das Publikum gerichteten Ansprache während des Mahls, das mit *»Grölen und Lachen«* (S. 53) den Charakter eines Gelages hat, gibt Biedermann sich resigniert und ratlos bezüglich der Möglichkeiten zur Abwendung der Katastrophe.
Szene 6 Katastrophe Nacht vom vierten auf den fünften Tag	Im Gegensatz zu seiner zurückhaltenden, gleichwohl aber mit ihm kooperierenden Frau, setzt Biedermann alles daran, das Verbrechen durch totale Selbstunterwerfung zu verhindern: Obwohl die ›Gäste‹ offen von ihren mörderischen Absichten sprechen, behandelt er die gespenstische Situation als spaßhafte Unterhaltung, beschwört seine Freundschaft mit den Verbrechern und gibt ihnen am Ende die Streichhölzer, mit denen das Feuer entzündet wird. Währenddessen weist Dr. Phil. die Verantwortung für das nun hereinbrechende Inferno von sich.
	In einem letzten und kurzen Auftritt konstatieren Chor und Chorführer die Unabwendbarkeit und Sinnlosigkeit der allgegenwärtigen Katastrophe.

In seiner *Beantwortung der Frage: Was ist Aufklärung?*, einem Essay aus dem Jahre 1784, definiert der deutsche Philosoph Immanuel Kant (1724–1804) nicht nur das Wesen der Aufklärung – in einer berühmt gewordenen Formel – als *»Ausgang des Menschen aus seiner selbst verschuldeten Unmündigkeit«*, sondern er benennt auch konkret »Faulheit und Feigheit« als diejenigen »Ursachen, warum ein so großer Teil der Menschen […] gerne zeitlebens unmündig bleiben; und warum es anderen so leicht ward, sich zu deren Vormündern aufzuwerfen«.[1]

■ Selbstentmündigung des Menschen

Auch Gottlieb Biedermann, der negative Held des Lehrstücks *Biedermann und die Brandstifter*, scheint nur äußerlich ein selbstbestimmtes Leben als freier Bürger und erfolgreicher Unternehmer zu führen, denn in der extrem angstbesetzten Grenzsituation, in die ihn die plötzliche Belagerung seines Hauses und seines Familienlebens durch zwei notorische Gewalttäter versetzt, zeigt er sich unfähig und unwillig, dem Unrecht zu trotzen und für den weiteren Lauf der Ereignisse Verantwortung zu übernehmen. Stattdessen verzichtet er auf mutigen Widerstand und wird so selbst zum Spielball einer nihilistischen Macht, die ihn aus schierer Lust an Gewalt und Tod zum willigen Erfüllungsgehilfen am Werk einer gigantischen Zerstörung werden lässt.

■ Fehlende Zivilcourage

■ Selbstauslieferung

1 Immanuel Kant, »Beantwortung der Frage: Was ist Aufklärung? (1784)«, in: *Was ist Aufklärung? Thesen, Definitionen, Dokumente*, hrsg. von Barbara Stollberg-Rillinger, Stuttgart 2010 [u. ö.], S. 9–18, hier S. 9.

Ihren konkreten historischen Ausdruck findet die philosophische und psychologische Diagnose eines derartigen menschlichen und gesellschaftlichen Scheiterns in zahllosen Beispielen des Schweigens und der Tatenlosigkeit in historischen Zeiten der psychosozialen Destabilisierung. Ausprägungen des individuellen und kollektiven Opportunismus etwa werden immer wieder in der komfortablen Anpassung von Menschen an bestehende oder behauptete Herrschaftssysteme sichtbar. Die Ausstellung »Eine Stadt macht mit – Frankfurt und der NS« (9. Dezember 2021 bis 11. September 2022) im Historischen Museum der Stadt Frankfurt am Main dokumentierte so etwa das ungeheure Ausmaß des Mitläufertums und des Mittuns, durch das sich die große Mehrzahl der großstädtischen Bürgerinnen und Bürger in der Zeit des nationalsozialistischen Dritten Reichs in den Jahren 1933 bis 1945 in Politik, Verwaltung, Wirtschaft, Wissenschaft und Kultur bei der Ausgrenzung, Verfolgung und Ermordung von Jüdinnen und Juden schuldig gemacht hatte. Dass Max Frischs Theaterstück ausdrücklich auf den geschichtlichen Hintergrund der Hitler- und NS-Diktatur und auf das Mitläufertum der meisten Deutschen Bezug nimmt, ergibt sich zumindest indirekt nicht nur aus seiner zeitlichen Nähe zu dem unvorstellbaren Zivilisationsbruch des nationalsozialistischen Deutschland, sondern auch aus kulturellen Versatzstücken dieser Zeit, so etwa aus dem damals populären Lied *Lili Marleen*, das einer der Brandstifter wie eine Erkennungsmelodie wiederholt pfeift und singt.

■ Beispiel Nationalsozialismus

■ Mitschuld an Verbrechen

Formen der Kollaboration mit den Mächten des Bösen waren und sind aber nicht nur in Phasen des Bestehens totalitärer Ideologien verbreitet, sondern jederzeit auch in unserer Gegenwart im öffentlichen und privaten Raum des alltäglichen Miteinanders von Menschen und Gruppen möglich, die aus Furcht vor dem Risiko einer Gefährdung ihrer selbst oder des Kollektivs den Schulterschluss mit dem Unwahren und Falschen suchen. So berichten die Opfer sexualisierter Gewalt auch von dem Schweigen der eigenen Familienmitglieder und der örtlichen Mitbewohner, die von den jahrelangen pädophilen Vergehen wissen, aber nicht einmal die eigenen Kinder schützen.

■ Verrat an Gewaltopfern

Was die Erhitzung des Planeten Erde durch den fortgesetzten Ausstoß von Kohlendioxid betrifft, so hindert schon die Sorge um den Verlust des finanziellen Wohlstands und materiellen Wohllebens viele daran, ihr eigenes Konsumverhalten in Frage zu stellen und durch Verzicht ein persönliches Zeichen gegen die Maßlosigkeit der Überflussgesellschaft zu setzen. Passivität, Gleichgültigkeit oder gar die Leugnung der Notwendigkeit von Maßnahmen zum Schutz von Natur und Umwelt und zur Wiederherstellung des ökologischen Gleichgewichts beherrschen trotz aller wissenschaftlichen Warnungen vor den katastrophalen Folgen die Haltung und das Verhalten einer Vielzahl von Menschen, die erst dann erschrocken reagieren, wenn das eigene Leben und der eigene Besitz bedroht sind. Die Loyalität, die Gottlieb Biedermann zwei Kriminellen gegenüber bis zur Selbstaufgabe an

■ Begünstigung von Katastrophen

■ Gleichgültigkeit und Bequemlichkeit

den Tag legt, entspricht heute unserem instinktiven oder vorsätzlichen Beharren auf den schlechten Gewohnheiten der Vergangenheit, auf der Sicherung des Bestehenden und auf der Abwehr von Veränderungen.

Die in Max Frischs Lehrstück dargestellte Kollaboration eines ›biederen‹ Bürgers mit Brandstiftern ist ein metaphorischer Ausdruck für das amoralische Einverständnis von Mitläufern. *Biedermann und die Brandstifter* seziert die Gründe und Auswirkungen dieser Haltung, in welcher der Mensch zwar um die Differenz von Recht und Unrecht, von Unschuld und Schuld, von Scham und Schamlosigkeit weiß, sich gleichwohl aber wider besseres Wissen und gegen das eigene Gewissen mit dem gemein macht, was letztlich nicht nur sein Zusammenleben mit anderen, sondern auch seine eigene körperliche, seelische und geistige Unversehrtheit bedroht und zerstört. Im äußersten Fall handelt es sich hierbei um den Ausdruck sublimierter Todessehnsucht, im gewöhnlichen Fall jedoch um eine mehr oder minder große willentliche Preisgabe der eigenen Glaubwürdigkeit und damit der eigenen Identität. Mit seinem Opportunismus ist Gottlieb Biedermann der personifizierte Ausdruck einer totalen Selbstentfremdung, eines Selbstverlusts, der hier im mutmaßlichen Feuertod eine buchstäbliche Form annimmt.

■ Verantwortungslosigkeit

■ Selbstzerstörung

Das Motiv für den Verzicht des Individuums auf ein Nein und auf Widerstand gegen eine feindliche Macht besteht, wie Frischs *Biedermann und Brandstifter* zeigt, paradoxerweise darin, die Furcht vor der

■ Absage an Handlungsfreiheit

eigenen Vernichtung durch totale Anpassung an die, die es vernichten werden, zu bannen.

Rede-wendung

Biedermann und die Brandstifter, der Titel des Schauspiels, ist seit dessen Veröffentlichung eine geläufige Redewendung zur Bezeichnung einer solchen Haltung geworden (siehe Kapitel 6, S. 105–107).

2. Inhaltsangabe

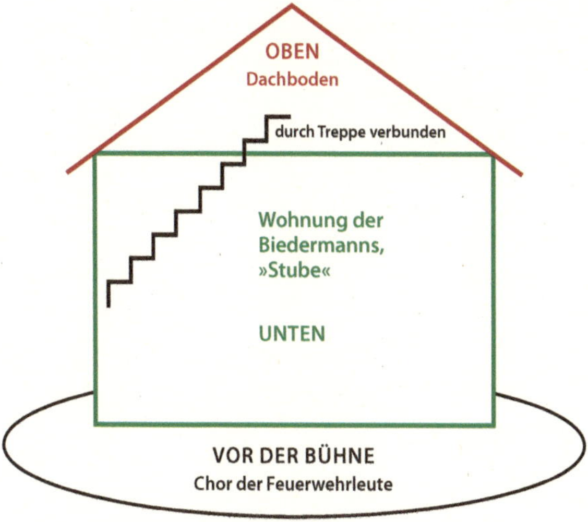

Abb. 1: Szenische Anordnung

Szene 1

Der wohlhabende Haarwasserfabrikant Gottlieb Biedermann zündet sich eine Zigarre an. Er wird vom Chor der Feuerwehrmänner umringt, der hier und in den folgenden Szenen das Geschehen wie der Chor in einer Tragödie der griechischen Antike kommentiert. Voller Entrüstung registriert Biedermann beim Lesen der Zeitung die Nachricht von einer erneuten vorsätzlichen Brandstiftung. Der Täter, so äußert er sich zu der Meldung, sei »wieder so ein Hausierer, der sich im Dachboden einniste[]« (S. 9). Entgegen seiner empörten Reaktion auf dieses Verbrechen lässt der Unternehmer es aber kurz darauf trotzdem zu, dass der arbeits- und obdachlose Schwergewichtsringer Josef Schmitz, der unvermutet um Einlass bittet, sich schließlich trotz der zunächst abweisenden Haltung des Hausherrn Zutritt in die Wohnung verschafft. Biedermann wird Schmitz sogar Zug um Zug seine stetig größer werdenden Wünsche nach einem opulenten Essen sowie nach einer vorübergehenden Unterkunft erfüllen. Am Ende der Szene begleitet der Gastgeber sogar persönlich den »Hausierer« (S. 9) auf den Dachboden seines Hauses, wo dieser sich für die Nacht einrichten darf.

■ Der erste Besucher

■ Mittäterschaft des Gastgebers

Obwohl gleich zu Anfang alle Indizien keinen Zweifel daran lassen, dass Josef Schmitz derjenige ist, der den in der Zeitung berichteten Brand zu verantworten hat, unterwirft Biedermann sich aus Furcht davor, von dem kräftigen Mann körperlich angegriffen zu werden, dessen Forderungen nach Zutritt, Nahrung und Obdach. Mit wiederholten Formeln der Beschwichtigung (»Herr Biedermann brauchen keine Angst haben«, S. 10) und der Höflichkeit (»Hoffentlich stör ich nicht«, S. 11) sowie mit mehr oder weniger unterschwelligen Appellen an das Mitleid (»Bin nur gekommen, weil's draußen so regnet«, S. 11) und an die Großherzigkeit des Hausherrn (»Wenn Sie ein Unmensch wären, Herr Biedermann, dann würden Sie mir heute nacht kein Obdach geben, das ist mal

■ Selbstverzwergung des Hausherrn

■ Taktiken der verbalen Überwältigung

klar«, S. 17) spielt Josef Schmitz ein breites kommunikatives Instrumentarium aus, mit dem es ihm gelingt, seine verbrecherische Natur nach außen hin mit Floskeln der Wohlanständigkeit und Gefühligkeit zu verbergen.

Das gleich zu Beginn der ersten Szene sich manifestierende paradoxe Verhalten des Gottlieb Biedermann, der einerseits die Zerstörung seines Hab und Gut durch Brandstifter fürchtet, jedoch andererseits später die mutmaßlichen Täter auf dem Dachboden seines eigenen Hauses alle Vorbereitungen für ein weiteres Feuer treffen lässt, durchzieht die Handlung des Dramas als groteskes Leitmotiv bis ganz zum Ende, wenn Biedermann den Verbrechern tatsächlich auch noch die Streichhölzer aushändigt, mit denen diese ihr Werk der Zerstörung direkt vor Ort fortsetzen können.

■ Widersprüchlichkeit des Protagonisten

Aus dem Kreis der drei Brandstifter ist Josef Schmitz der erste, der in die Privatsphäre des Hauses Biedermann eindringt. Dass es ihm gelingt, den anfänglichen Widerstand des Hausherrn zu überwinden, lässt sich in erster Linie mit seiner »kräftig[en]« (S. 9) Gestalt erklären, die schon dem Dienstmädchen Anna so imponiert, dass sie den offenbar bedrohlich wirkenden fremden Mann entgegen den Anweisungen ihres Arbeitgebers nicht einfach »vor die Tür werfen« (S. 9) kann. Gottlieb Biedermann reagiert bereits auf den bloßen mündlichen Hinweis Annas auf die überlegene physische Kraft des Besuchers mit einem abrupten Gesinnungswandel, indem er sich dem uner-

■ Hausbesetzung

■ Furcht und Schrecken

wünschten Besucher gegenüber nicht mehr, wie noch zu Anfang (»Ich bin nicht zu Hause!«, S. 9), verleugnen lässt, sondern sich ganz plötzlich doch überraschend höflich und konziliant zeigt (»Er soll morgen ins Geschäft kommen«, S. 9).

Gesellschaftliche Randexistenz

Laut Regieanweisung ist *»der Fremde«* nicht nur *»ein Athlet«*, sondern angesichts seines wild-exotischen Aussehens (*»sein Kostüm erinnert halb an Strafanstalt und halb an Zirkus. Tätowierung am Arm, Lederbinde um die Handgelenke«*, S. 10) auch ein Mann mit der anrüchigen Vergangenheit eines sowohl verwegenen als auch verworfenen Individuums aus einem von Armut, Gewalt, Gewissenlosigkeit und Gefühlskälte gezeichneten kriminellen Milieu der untersten gesellschaftlichen Schicht.

Schmitz – ein Gewaltverbrecher

Dem äußeren Erscheinungsbild scheinen die biografischen Informationen zu entsprechen, die Josef Schmitz in diversen Selbstauskünften unverhohlen preisgibt. Diesen zufolge war er, der Sohn eines Köhlers, »Ringer von Beruf« (S. 10), bevor der Zirkus, in dem er arbeitete, durch einen Brand vollständig vernichtet wurde. Dieses verheerende Feuer, das auch Menschenleben forderte, ist ganz offenbar Teil einer Serie von Verbrechen, die Schmitz seinem unfreiwilligen Gastgeber gegenüber eines nach dem anderen im lakonischen Stil des Plaudertons enthüllt. Am

Eskalation der Gewalttaten

harmlosesten erscheint dabei unter den zahlreichen Untaten noch die schwere Verletzung, die er einem »Herr[n]« zufügte, der »hintenherum […] die Polizei« (S. 14) gerufen hatte, um den zudringlichen Besucher loszuwerden. Viel unheimlicher wirken dagegen die wiederholten Brandstiftungen, bei denen zuletzt »[e]in ganzer Stadtteil« (S. 15) zerstört worden ist. Einem Zeitungsbericht zufolge, den Biedermann dem an seinem Tisch ›futternden und trinkenden‹ mutmaßlichen Urheber dieses Verbrechens zu lesen gibt, handelt es sich um mehrere Taten, die stets »nach dem gleichen Muster geplant und durchgeführt« (S. 15, 16) werden.

Biedermann – ein Unmensch

Im spannungsgeladenen Moment seiner Konfrontation mit einem Verbrecher im eigenen Haus wird Biedermann an diesem Abend durch das Dienstmädchen Anna darüber informiert, dass sein ehemaliger Angestellter Knechtling ihn zu sprechen wünsche. Den wütenden Worten, mit denen Biedermann das Ansinnen dieses Vaters dreier Kinder ablehnt, ist zu entnehmen, dass er dessen Arbeitsvertrag aufgelöst hat, nachdem der einstige Mitarbeiter eine »Beteiligung an seiner Erfindung« (S. 16) eingefordert hatte. Dass Biedermann dem Gekündigten gegenüber im Unrecht ist, lässt sich an seinem anschließenden Versuch erkennen, sich dem Hausierer gegenüber als redlicher Mann auszuweisen: »Sie müssen jetzt nicht denken, Herr Schmitz, daß ich ein Unmensch sei –« (S. 17). Zum Beweis seiner moralischen Integrität lädt Biedermann in dem Augenblick, als seine Frau Babette an der Tür klingelt, den Brandstifter Josef Schmitz dazu ein, auf den Dachboden zu kommen, um dort zu übernachten. Babette soll davon nichts mitbekommen, sie wundert sich jedoch über das rostige Fahrrad

Behauptung moralischer Integrität

neben der Haustür und nachts über das Husten auf dem Dachboden. Aber da ihr Mann jeden Abend hinaufsteigt, um sicherzustellen, dass sich dort kein Brandstifter versteckt, hegt sie kein Misstrauen.

Szene 2

Am folgenden Morgen erfährt Babette von dem unheimlichen Übernachtungsgast auf dem Dachboden. Die Eheleute streiten sich wegen ihrer gegensätzlichen Einschätzung der Gefahrenlage, in die sie Biedermanns Gefälligkeiten gegenüber Schmitz gebracht haben könnte. Während Gottlieb Biedermann mit Nachdruck und lautstark, aber wider besseres Wissen dessen Harmlosigkeit behauptet (» – – zum letzten Mal: Er ist kein Brandstifter«, S. 20), wirft Babette ihm seine ›Gutmütigkeit‹ und damit eigentlich seinen Leichtsinn vor.

■ Ehestreit

Ganz unvermittelt erkundigt sie sich dabei nach dem Grund für die Entlassung von Knechtling. Gottlieb Biedermann, der an diesem Morgen in der Angelegenheit einen Termin bei einem Rechtsanwalt wahrnimmt, begründet sein hartes Vorgehen gegen den Untergebenen, mit dessen Arbeit er, wie Babette weiß, »immer […] zufrieden« war, damit, dass er ihn nicht mehr brauche. Die »Erfindung«, für die Knechtling eine »Beteiligung« am finanziellen Gewinn aus dem Verkauf von Haarwasser fordert, sei völlig bedeutungslos, der Erfolg des Produkts eine rein »kaufmännische Leistung« (S. 21). Der Schärfe seines Tons

(»Diesem Knechtling werde ich die Kehle schon umdrehn«, S. 21) steht die Freundlichkeit der Worte gegenüber, mit der er den eintretenden, mit einem »*Schaffell*« (S. 21) bekleideten Josef Schmitz begrüßt, bevor er selbst das Haus verlässt.

Wolf im Schafspelz

Babette möchten den fremden Mann eigentlich aus dem Haus bitten. Doch als dieser ihr genau das auf den Kopf zusagt, bemüht sie sich, den Unbekannten, vor dem sie sich erkennbar fürchtet (»SCHMITZ Sie zittern, Madame!?«, S. 23), mit allen Formen dienstbeflissener Gastfreundlichkeit friedfertig zu stimmen. Auf die unvermittelt-unverblümte Unterstellung, dass sie ihn »also für einen Brandstifter« (S. 23) halte, antwortet sie Josef Schmitz mit ausweichenden und unterwürfigen Worten der Verharmlosung und Beschönigung:

Gespräch Babette – Sepp

Affektgeladenes Reden als Ausdruck der Unsicherheit

> Mißverstehen Sie mich nicht! Was hab ich denn gesagt? Nichts liegt mir ferner, Herr Schmitz, als Sie zu kränken. Ehrenwort! Sie haben mich ganz verwirrt. Wer redet denn von Brandstiftern! Ich beklage mich ja in keiner Weise, Herr Schmitz, über Ihr Benehmen – (S. 24)

Nach der von ihm beabsichtigten Verunsicherung Babettes überschüttet Josef Schmitz sie mit Informationen, die sein angeblich schweres Schicksal hervorheben. Die Hinweise auf eine entsagungsvolle Kindheit im Haus eines Köhlers, auf den frühen Tod seiner Mutter und auf den Aufenthalt in einem Waisenhaus dienen ihm ausschließlich dazu, Babette Biedermann in einen Zustand der Rührseligkeit und Weichherzigkeit zu versetzen, in dem sie den nächsten Schock, die Ankunft seines Bekannten Willi, hinnehmen wird. Willi, erklärt er, sei Kellner im Hotel Metropol gewesen, bevor es abgebrannt sei. In diesem Moment kündigt das Dienstmädchen Anna einen Herrn von der Feuerversicherung an, und Wilhelm Maria (Willi) Eisenring, der zweite Brandstifter, betritt auch schon das Zimmer.

■ Der zweite Besucher

Szene 3

In der Nacht beginnen Josef Schmitz und Willi Eisenring hinter *»der verriegelten Tür«* (S. 28) auf dem Dachboden des Hauses mit umfassenden Vorbereitungen für die Entzündung eines Großfeuers, indem sie *»Fässer in den Estrich [...] rollen, Fässer aus Blech, wie sie zum Transport von Benzin üblich sind, alles so leise als möglich«* (S. 27). Während der ehemalige Ringer sich noch besorgt zeigt, ob der Hausherr nicht doch die Polizei alarmieren könnte, gibt der andere sich diesbezüglich ganz gelassen, weil er sich sicher ist, dass auch Biedermann vor der Polizei ›strafbare‹ Taten zu verbergen hat.

■ Biedermann in Rage

Tatsächlich droht der durch das nächtliche »Gepolter« (S. 29) maßlos aufgebrachte Gottlieb Biedermann am Morgen Josef Schmitz damit, die Polizei zu verständigen, falls er nicht sofort das Haus verlasse. Doch seine gestische und verbale Aufforderung dazu (*»Er*

Abb. 2: Caravaggio, *Der ungläubige Thomas* (um 1601) – akg-images

zeigt mit gestrecktem Arm zur Tür. / Hinaus! Hinaus! sag ich. Hinaus!«, S. 29) läuft ins Leere. Als er den zweiten Mann bemerkt, ist er zunächst sprachlos, begnügt sich dann aber angesichts des unerhörten Verhaltens und der kriminellen Handlungen der Eindringlinge mit bloßen vorwurfsvollen Hinweisen auf sein eigenes Befinden (»Ich bin außer mir«, S. 29; »Es ist mir bitterernst, meine Herren«, S. 30) und mit einem Disput, den der kurz zuvor noch kategorisch abgelehnt hatte (»Ich will keine Diskussion!«, S. 29). Trotz der eindeutigen Indizien, die erkennen lassen, dass Schmitz und Eisenring verbrecherische Absichten verfolgen, gibt er sich nach außen lediglich »sprachlos« (S. 31), verständnislos (»Nichts verstehe ich –«, S. 31), begriffsstutzig (»Was stellen Sie sich eigentlich vor?«, S. 30; »Was machen Sie da eigentlich?«, S. 31; »Was wollen Sie damit sagen?«, S. 31) und schließlich überfordert (»Ist das wahr, meine Herren, ist das wahr?«, S. 32), als er mit eigenen Augen das Wort »Benzin« auf einer der Beschriftungen der Fässer liest.

■ Ungläubiger Thomas

Erst als er – wie der sprichwörtliche »ungläubige Thomas«, der als einziger der zwölf Jünger von Jesus erst an die Auferstehung des Gottessohnes glaubt, nachdem er seinen Finger in eine von dessen Wunden gelegt hat – *»mit dem Finger über ein Faß«* (S. 32) fährt und seine Frage, ob an ihm Benzingeruch hafte, von den beiden Männern bejaht wird, kann er die Tatsachen eigentlich nicht länger leugnen.

■ Irrationale Verhaltensweise

Doch durch Vertuschung der logischen Zusammenhänge treibt er die Leugnung noch auf die Spitze:

> Sind Sie eigentlich wahnsinnig? Mein ganzer Dachboden voll Benzin – […] Und das, meine Herren, in dieser Zeit, wo man in jeder Zeitung, die man aufschlägt, gewarnt wird. Was denken Sie sich eigentlich? Meine Frau bekommt einen Schlag, wenn sie das sieht. (S. 33)

■ Versagen aus Mutlosigkeit

Anstatt dafür zu sorgen, dass seiner ultimativen Aufforderung nach sofortiger Beseitigung der Fässer (S. 33) Folge geleistet wird, nutzt er auch die zufällige Anwesenheit eines Polizisten in seinem Haus nicht dazu, um das nahende Unheil noch abzuwenden. Den Beamten, der ihm die Nachricht vom Selbstmord Johann Knechtlings überbringt, lässt Biedermann vielmehr im Glauben, dass es sich bei den beiden fremden Männern um Angestellte seiner Firma und bei den Benzinfässern um Behälter zur Lagerung von Haarwasser handele. Im Schutz der feigen Komplizenschaft des Mannes, in dessen Haus sie widerrechtlich eingedrungen sind, können die Brandstifter nun ungestört ihr zerstörerisches Werk fortsetzen.

■ Lügen

Szene 4

Biedermann macht sich auf den Weg zu seinem Rechtsanwalt. Als er das Taxi besteigen will, wird er vom Chor der Feuerwehrleute aufgehalten, die ihn zur Rede stellen. Doch Biedermann winkt ab. Er sei ein freier Bürger und könne als Hauseigentümer unter seinem Dach beherbergen, wen er wolle. Außerdem müsse man, so meint er, auch ein bisschen Vertrauen haben: »Nicht jeder Mensch ist ein Brandstifter« (S. 38).

■ Konfliktscheu

In der Annahme, sich und seinen Besitz nur durch freundschaftliche Kooperation mit den Verbrechern retten zu können, gibt Biedermann nach seiner Rückkehr vom Anwalt seiner Frau Babette und dem Dienstmädchen Anna alle erforderlichen Anweisungen für ein gemeinsames Abendessen mit den fremden Männern noch am selben Tag. Obgleich er über deren konspirative Absichten jederzeit direkt infor-

■ Selbstverblendung

miert ist, so etwa über die Beschaffung von Holzwolle als Brandbeschleuniger und über die Suche nach Zündkapseln, bemüht Gottlieb Biedermann sich geflissentlich darum, den Verbrechern den Aufenthalt im Haus so angenehm wie möglich zu gestalten: »Vielleicht möchten Sie sich waschen oder duschen. Benutzen Sie getrost mein Badezimmer! Ich habe Anna gesagt, sie soll Handtücher hinlegen.« (S. 42) Eisenring aber schlägt sein Angebot aus: »Im Gefängnis, wissen Sie, gab's auch kein Badezimmer.« (S. 42) Und als Biedermann erstaunt ist, fügt er hinzu: »Hat Ihnen denn der Sepp nicht erzählt, daß ich aus dem Gefängnis komme?« (S. 43) Aus Sorge und Angst um sein eigenes Hab und Gut beharrt Biedermann auf der naiven Position eines Menschen, welcher der schrecklichen Wahrheit nicht endgültig ins Auge sehen will (»Herr Eisenring […], offen gesprochen: – ist wirklich Benzin in diesen Fässern?«, S. 43) und die unwiderlegbaren Hinweise auf die Vorbereitung eines Kapitalverbrechens für einen ›schlechten Scherz‹ hält (S. 43). Aus dem Mund der Verbrecher erfährt er schließlich ganz unverblümt die Logik ihrer perfiden und paradoxen Strategie zur Überwältigung von Vernunft und Verstand auf Seiten der Opfer:

■ Unterwürfigkeit

> EISENRING Scherz ist die drittbeste Tarnung. Die zweitbeste: Sentimentalität. Was unser Sepp so erzählt: Kindheit bei Köhlern im Wald, Waisenhaus, Zirkus und so. Aber die beste und sicherste Tarnung […] ist immer noch die blanke und

> nackte Wahrheit. Komischerweise. Die glaubt niemand. (S. 43)

Während unten in der Stube die zwischenzeitlich eingelassene *»schwarze Witwe Knechtling«* (S. 43) vergeblich auf eine Unterredung mit Gottlieb Biedermann hofft, setzt der Hausherr oben auf dem Dachboden sein Gespräch mit Eisenring in dem Bemühen fort, den unverkennbaren Fortgang der Umsetzung einer furchtbaren Tat durch totale Anbiederung an den Täter doch noch zu stoppen: Er behauptet einen Standpunkt universaler Gleichheit, dem zufolge es keine Klassenunterschiede zwischen der bürgerlichen Mittelschicht und der Unterschicht der sozial Deklassierten gebe (»Sind wir, Sie und ich, nicht Menschen aus Fleisch und Blut?«, S. 44), und bietet dem Eindringling, zum Zeichen seiner Würdigung als ebenbürtigem Mitmenschen, eine Zigarre an – das Statussymbol von Reichtum und Macht. Biedermann dringt auf Versöhnung der gesellschaftlichen Gegensätze durch einfache Gesten:

■ Selbstpreisgabe

■ Sozialromantisches Bekenntnis

■ Humanitätsduselei

> [W]arum reichen wir uns nicht einfach die Hände? Ein bißchen guten Willen, Herrgottnochmal, ein bißchen Idealismus, ein bißchen – und wir alle hätten unsere Ruhe und unseren Frieden, die Armen und die Reichen, meinen Sie nicht? (S. 44 f.)

Eisenring reicht dem Redner nicht die Hand, sondern das Ende der Zündschnur. Biedermann weist die

■ Pakt mit dem Teufel

Schnur nicht zurück, sondern bezeichnet diese Geste erneut als Teil eines ›Spaßes‹, für den er, wie er meint, allerdings kaum noch den nötigen Humor aufbringen könne. Eisenring dagegen lässt keinen Zweifel an dem tödlichen Ernst seiner unheilvollen Absichten, indem er ›die Zündschnur auslegt‹ und »noch ein Fensterchen öffne[t]« (S. 46), um den Benzingeruch zu vertreiben.

Einladung zur eigenen Henkersmahlzeit

In einem letzten und äußersten Akt der Selbstverleugnung und der Selbsttäuschung lädt Biedermann die Verbrecher – in diesem vorläufig letzten Moment der brutalen Vergegenwärtigung einer äußersten Gefahr – zu einem »netten Abendessen« (S. 47) ein. Als Biedermann wieder nach unten gegangen ist, kommt auf dem Dachboden ein dritter Mann aus seinem Versteck zwischen den Fässern, von Eisenring »Doktor« genannt. Er soll Wache halten, während Schmitz und Eisenring unten beim Abendessen sind.

Szene 5

Der Chor der Feuerwehrleute befürchtet Schlimmstes und bereitet sich mit Schlauch, Pumpe und Leiter auf einen Einsatz vor, während die Kirchenglocken zu läuten anfangen.

Die Witwe Knechtling harrt zugleich immer noch unten aus. Biedermann nötigt sie mit dem Satz, dass er »keine Zeit [habe], um [s]ich mit Toten zu befassen« (S. 50), zum Verlassen des Hauses und gibt dem Dienstmädchen konkrete Anweisungen zum Anrichten eines »schlichte[n] und gemütliche[n] Abendessen[s]« (S. 50), das die kriminellen und aus einfachsten Verhältnissen stammenden Gäste nicht durch bürgerlichen Luxus brüskieren soll.

Er lässt daher alle stil- und wertvollen Gegenstände, die, wie etwa Kandelaber, Wasserschalen, Messerbänklein, Silberkübel und Damastservietten, den Eindruck von »Protzerei« (S. 50) erwecken könnten, vom Tisch entfernen.

■ Täuschungsmanöver

Während dieser Vorkehrungen für ein kulinarisch aufwendiges, jedoch äußerlich einfaches Mahl, bei dem der Hausherr sogar auf ein Tischtuch zu verzichten wünscht, meldet Babette einen kuriosen Vorfall, der die weiteren Ereignisse in düsterer Symbolik vorwegnimmt: Der Kranz, den Babette für die Beerdigung Knechtlings an dessen Witwe hatte schicken lassen, trifft nicht nur fälschlicherweise im Hause Biedermann ein, sondern ist auch mit einer Schleife mit dem Aufdruck »UNSEREM UNVERGESSLICHEN GOTTLIEB BIEDERMANN« (S. 52) versehen. Ein weiterer mysteriöser Ausdruck der Verkehrung von Absender und Adressat ist der Umstand, dass die Rechnung für den Trauerkranz nicht an die Eheleute Biedermann, sondern an die Witwe Knechtling geschickt wurde.

■ Menetekel des Todes

Aufgrund seiner völligen Konzentration auf die Gestaltung des Abendessens reagiert der Hausherr zwar irritiert und verärgert auf die schaurige Vorausdeutung auf seinen eigenen Tod, misst ihr aber keine größere Bedeutung bei, sondern legt vor allem gro-

■ Schmierenkomödie

ßen Wert darauf, dass das Dienstmädchen anstelle von »Häubchen« und »Schürzchen« (S. 52) lediglich einen einfachen Pullover trägt, um nach außen hin nicht eine untergeordnete Position zu demonstrieren.

In grotesker Verkehrung ihrer eigentlichen häuslichen Aufgaben »*schleudert [Anna] das Tischtuch, nachdem es zusammengefaltet ist, in irgendeine Ecke und tritt mit beiden Füßen drauf*« (S. 53), damit »hier nicht alles so ordentlich ist« (S. 52).

Szene 6

■ Zechgelage

Während, wie es in der Regieanweisung heißt, das »*Gansessen [...] im vollen Gang*« (S. 54) ist, bestimmen »*Grölen und Lachen*« (S. 53) die Szenerie. Mit gekünsteltem Humor bemüht sich Gottlieb Biedermann, offenbar auch unter dem Einfluss eines übermäßigen Alkoholkonsums, darum, den schrecklichen Ernst seiner Lage durch einen Witz zu überdecken, den wiederum seine Frau Babette nicht komisch findet:

> BIEDERMANN Also! – heute morgen sagt der Willi, er hätte den Sepp geschickt, um Holzwolle zu stehlen. Holzwolle, das verstehst du? Und jetzt frage ich den Sepp: Was macht denn die Holzwolle? worauf er sagt: Holzwolle habe er nicht auftreiben können, aber Putzfäden. Verstehst du? Und Willi sagt: Putzfäden brennen noch viel besser!

BABETTE Das habe ich verstanden.
BIEDERMANN Ja? Hast du verstanden?
BABETTE Und was ist der Witz dran? (S. 54)

Babette fragt die beiden Gäste, ob sie tatsächlich »Putzfäden auf [den] Dachboden gebracht« (S. 54) hätten, und erfährt aus dem Mund ihres aufgeräumten und immer noch zu Scherzen aufgelegten Ehemannes, dass dieser sogar an den Vorbereitungen zu dem Brandanschlag aktiv beteiligt war. Sie besteht, allerdings erfolglos, auf einer endgültigen Klärung der Sachlage: »Jetzt aber im Ernst, meine Herren, was soll das alles?« (S. 55)

Doch durch die Komplimente, die ihr hinsichtlich ihrer Kochkünste gemacht werden, lässt sie sich sofort wieder umstimmen und reagiert willfährig gegenüber Eisenrings Wünschen nach einer dekorativeren Ausgestaltung des Esstischs »mit Silber und Kristall«: »Gottlieb das haben wir doch alles« (S. 56). Das völlig verwirrte Dienstmädchen Anna fragt sie nach dem Verbleib der »Messerbänklein« (S. 57), die sonst üblicherweise auf dem Tisch stehen. Ihr Mann Gottlieb begegnet den zynischen Zumutungen der fremden Tischgenossen mit unterwürfiger Hörigkeit (»BIEDERMANN Trinken Sie, meine Freunde, trinken Sie!«, S. 57) und mit vermeintlich einfältiger Verständnislosigkeit, indem er die höhnischen Verniedlichungen von begangenen Verbrechen durch Schmitz und Eisenring mit floskelhaften Äußerungen der Verwunderung (»Hm [...] Hm [...] Hm«, S. 58) und mit

■ Koketterie mit dem Bösen

■ Selbstverdummung

geheuchelter Naivität (»Niedergebrannt? [...] Niedergebrannt? [...] Und dann?«, S. 58) kommentiert. Auf Babettes Frage, warum Eisenring denn ins Gefängnis gekommen sei, gibt dieser unumwunden zu, dass das Hotel, in dem er als Kellner gearbeitet habe, abgebrannt und seine anschließende Verurteilung ein Irrtum gewesen sei. Nicht nur Biedermann, sondern auch seine Frau leugnen die mörderische Gefahr, in der sie beide schweben.

Der dritte Besucher

Auch als Anna die Ankunft eines dritten Mannes meldet, der nach eigener Auskunft »nicht länger schweigen«, sondern »etwas enthüllen« und »sich distanzieren« (S. 60) möchte, verharren die Eheleute in der Bereitschaft, sich den Gegebenheiten durch Verdrängung der Tatsachen zu fügen. Eisenring erzählt, Schmitz sei für »nur eine Woche« (S. 61) in einem Theater tätig gewesen, dann sei das Gebäude abgebrannt. Er wirft Schmitz eine Serviette über den Kopf, dieser spielt nun ein Gespenst und nennt Biedermann »Jedermann«. Das Ehepaar willigt gehorsam in die Mitwirkung bei der spontanen Inszenierung von düsteren Schlüsselstellen aus dem Theaterstück *Jedermann* ein, in denen die Begegnung des Menschen mit Angst, Schuld und Tod thematisiert wird. Erst als Schmitz den originalen Wortlaut des Dramentextes durch vorsätzliche Umformulierungen so verändert (SCHMITZ »ICH BIN DER GEIST – VON KNECHTLING«, S. 62), dass damit ein unmissverständlicher Bezug zu Biedermanns Schuld an der Selbsttötung seines Mitarbeiters hergestellt wird, zeigen sich die

Szenisches Spiel

Eheleute so beeindruckt und schockiert, dass sie ihre Gefühle von tiefer Angst nicht mehr länger verbergen können.

In der heuchlerischen Absicht, die Gemüter beruhigen zu wollen, verhöhnt Eisenring den toten Knechtling (»Heute begraben – der ist ja noch ganz beisammen, bleich wie ein Tischtuch, weißlich und glänzend wie Damast, steif und kalt, aber zum Hinstellen …«, S. 62) und behauptet Gottlieb Biedermanns stete Fürsorglichkeit gegenüber seinem Angestellten. Schmitz wiederum macht mit dem Anstimmen des Liedes *Fuchs, du hast die Gans gestohlen* erneut eindeutige Anspielungen auf das Unrecht, das Biedermann mit dem Raub geistigen Eigentums an Knechtling begangen hat. Gleichwohl hört Biedermann nicht auf, sich weiterhin – diesmal durch Mitsingen des Liedes und durch Strategien der Verbrüderung – den Brandstiftern anzubiedern, damit sie von ihrem vorhersehbaren Verbrechen ablassen. Als dann die *»Sirenen in der Ferne«* (S. 64) zu hören sind und schließlich Feuerwehrautos am Haus vorbeirasen, gesteht ihm Eisenring unverhüllt ein, dass Schmitz und er vorsätzlich einen falschen Alarm ausgelöst haben, um die Feuerwehr in die Irre zu leiten. Doch immer noch tut Gottlieb Biedermann alles, um die Verbrecher letztlich durch völlige Unterwerfung gnädig zu stimmen: Er sorgt zusammen mit seiner Frau dafür, dass Kaffee zubereitet wird, leugnet die Ernsthaftigkeit der von Schmitz und Eisenring erklärten verbrecherischen Absichten (»BIEDERMANN […] Scherzen wir nicht

■ Verhöhnung eines Toten

■ Entfesselter Wahnsinn

■ Unbelehrbarkeit des Bildungsbürgers

länger über Brandstifterei. […] Meine Herren, jetzt ganz im Ernst – […] Das ist nicht wahr«, S. 65), versichert die beiden diabolischen Gestalten in einem verzweifelten Eid seiner Freundschaft (»BIEDERMANN Ich schwöre es Ihnen, meine Herren, bei Gott!«, S. 65), bietet ihnen das Du an, stößt mit ihnen zur Feier der neuen »Bruderschaft« (S. 66) an und *»küßt«* Schmitz und Eisenring zum Zeichen der Verbrüderung *»auf die Wange«* (S. 66). Auch nachdem er den Feuerteufeln in einem Akt äußerster Selbsterniedrigung die Streichhölzer zur Durchführung ihrer Tat ausgehändigt hat, verharrt er mit einer verzweifelten Formel der Beschwörung (»EISENRING Zum Glück ist's nicht bei uns … Zum Glück ist's nicht bei uns … Zum Glück – «) in dem irrtümlichen Glauben, dass er von dem draußen inzwischen weithin sichtbaren Inferno verschont bleiben werde.

■ Doktor der Philosophie

Den Schlusspunkt der dramatischen Ereignisse bildet in diesem Augenblick der Auftritt des lange zuvor als Besucher angekündigten »Dr. phil.« (S. 67), eines gelehrten Geisteswissenschaftlers, der, obgleich er in der Absicht einer Verbesserung der Welt offenbar der geistige Anstifter der Verbrechen ist, sich mit einem vorbereiteten *»Schriftstück«* (S. 67) von den mörderischen Zerstörungen der Brandstifter distanziert: Er habe, so sagt er, zwar »alles gewußt, was sie auf dem Dachboden machten« (S. 68), könne aber nicht akzeptieren, dass sie dies »aus purer Lust« (S. 68) getan hätten.

Biedermann überreicht den Brandstiftern Streichhölzer, nicht ohne seine protestierende Frau von der

Harmlosigkeit der Situation zu versichern (»Wenn die wirkliche Brandstifter wären, du meinst, die hätten keine Streichhölzer?« S. 68), und die Szenerie gleitet ins totale Chaos ab aus *»Sturmglocken, Gebell von Hunden, Sirenen, Krach von stürzendem Gebälk, Hupen, Prasseln von Feuer«* und *»Schreie[n]«* (S. 68), inmitten derer Gasometer in einer *»Serie von Detonationen fürchterlicher Art«* (S. 69) explodieren.

»Welt-brand« (Frisch)

Der Chor der Feuerwehrleute beklagt am Ende die Sinnlosigkeit der Geschichte, deren Ausgang vorhersehbar war: »Was nämlich jeder voraussieht / Lange genug, / Dennoch geschieht es am End« (S. 69).

3. Figuren

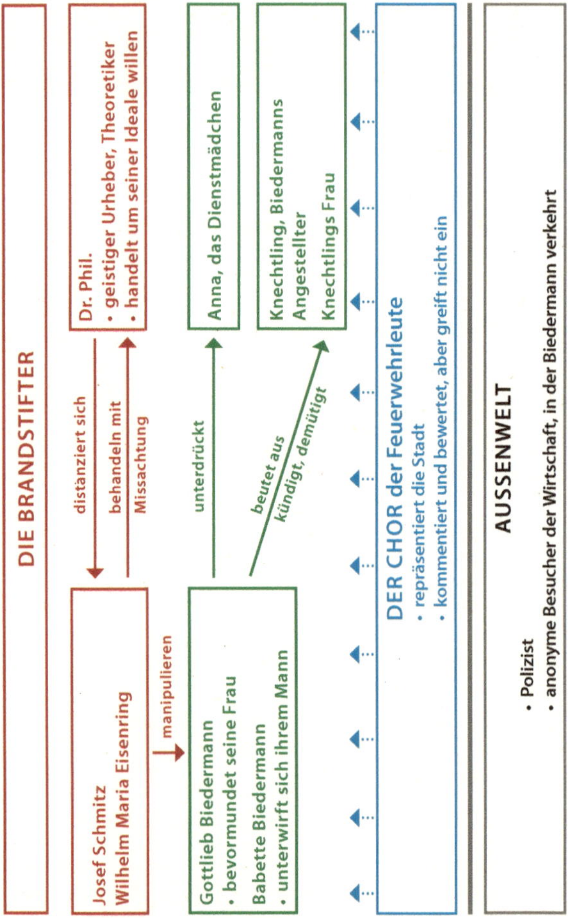

Abb. 3: Figurenkonstellation

Gottlieb Biedermann

Die Titelfigur des Theaterstücks *Biedermann und die Brandstifter* erweist sich bereits in den einleitenden Regieanweisungen zur ersten Szene und in den ersten Worten als ein satirisch überzeichneter Bürger, der sich, während er in der häuslichen und familiären Geborgenheit seiner *»Stube«* (S. 8) die Zeitung liest, eine Zigarre raucht und sich von seinem Dienstmädchen eine Flasche Wein bringen lässt, die schlechten Nachrichten von draußen mit tiefem Abscheu und äußerster Wut kommentiert: »Aufhängen sollte man sie. Hab ich's nicht immer gesagt? Schon wieder eine Brandstiftung. […] Aufhängen sollte man sie!« (S. 8 f.) Der verbal artikulierte Vernichtungswahn, den er am abendlichen »Stammtisch« auch gestisch zur Schau trägt, indem er dort, seine Forderung nach einer Hinrichtung von Straftätern mit einer Drohgebärde unterstreichend, »mit der Faust auf den Tisch« (S. 12) schlägt, läuft allerdings ins Leere, weil Biedermann zwar nach außen hin als Möchtegern mit Machtphantasien erscheint, nach innen hin aber von Unsicherheit und charakterlicher Schwäche bestimmt wird. Die Furcht vor einer Störung oder gar Zerstörung der überschaubaren Ordnung seiner privaten Welt (»Ich will meine Ruhe und meinen Frieden haben, nichts weiter«, S. 38) und vor dem Verlust seines Reichtums, den er als Unternehmer insbesondere mit der Produktion und mit dem Verkauf von Haarwasser erworben hat, ver-

- Karikatur des Spießbürgers
- Selbstbetäubung durch Rauschmittel
- Wutbürger
- Oberstes Ziel: Besitzstandswahrung

anlassen ihn auf der einen Seite dazu, seinem »alte[n] und treue[n] Mitarbeiter« (S. 62) Johann Knechtling durch »Kündigung« (S. 16) die Existenzgrundlage zu entziehen, nachdem dieser eine »Beteiligung an seiner Erfindung« (S. 16) gefordert hat, und auf der anderen Seite zuzulassen, dass ein Verbrecher-Duo in seinem Haus unbehelligt einen Brandanschlag vorbereiten kann.

■ Skrupellosigkeit

Gottlieb Biedermann, dessen Name bereits in spöttischer Weise auf die Wechselbeziehung von devoter Anbiederung und spießigem Konformismus verweist, verkörpert die charakterliche Disposition des ›autoritären Typus‹, der einen extremen Gehorsam gegenüber Stärkeren und gleichzeitig eine hemmungslose Aggressivität gegenüber Schwächeren an den Tag legt. Im Spannungsfeld von gnadenloser Mitleidlosigkeit (»Soll er sich unter den Gasherd legen oder einen Anwalt nehmen – bitte! – wenn Herr Knechtling es sich leisten kann, einen Prozeß zu verlieren oder zu gewinnen. Bitte! Bitte!«, S. 16), von schamloser Unterwürfigkeit (»Es ist mir nichts zu viel, meine Freunde, nichts zu viel, und wenn Sie irgendeinen Wunsch haben – irgendeinen Wunsch …«, S. 66) und mitleidheischender Wehleidigkeit (»Es ist mir bitterernst, meine Herren. Meine Frau ist herzkrank – […] Meine Frau hat die halbe Nacht nicht geschlafen. Wegen dieser Polterei«, S. 30 f.) sucht Biedermann nach einem Punkt der Selbstbehauptung, von dem aus er das unaufhörlich auf ihn zurasende Unheil doch noch abwenden kann. Durch Strategien der Verharmlosung

■ Typenhaftigkeit

■ Entfremdung von der Realität

(»Wenn man jedermann für einen Brandstifter hält, wo führt das hin? Man muß auch ein bißchen Vertrauen haben, Babette, ein bißchen Vertrauen –«, S. 21), der Verdunklung (»POLIZIST Was haben Sie denn in diesen Fässern da? / BIEDERMANN – ich? [...] Haarwasser ...«, S. 34), der Verschleierung (»Ich halte Sie ja nicht für Brandstifter, meine Herren, das ist nicht wahr, Sie tun mir Unrecht, ich halte Sie nicht für – Brandstifter ...«, S. 65) und der Verdrängung (»Man soll nicht immer das Schlimmste denken. Wo führt das hin!«, S. 38) weicht Biedermann einer direkten Konfrontation und den mit einem Konflikt verbundenen Risiken bis zum Schluss aus. Seine innere Labilität, seine ausgeprägte Feigheit und sein extrem zwanghaftes Bedürfnis nach Selbsterhalt lassen ihn vor allem als einen im Grunde lächerlichen Mann mit geringer Durchsetzungskraft und von geringer Glaubwürdigkeit erscheinen, der durch beständige Manöver der Täuschung den Fallstricken der Wirklichkeit auszuweichen sucht.

- Krankhafte Ichbezogenheit
- Würdelosigkeit

Sein Geschäftserfolg basiert auf einem Betrug am Kunden: Der Kaufmann Biedermann selbst gibt nämlich unumwunden zu, dass die »guten Leute, die unser Haarwasser auf die Glatze streichen, [...] ebensogut ihren eigenen Harn« (S. 21) auf der Kopfhaut anwenden könnten. Ebenso kaltblütig bringt er seinen Mitarbeiter Knechtling durch unwahre Angaben um die diesem rechtmäßig zustehende Vergütung von herausragenden Beiträgen zum kommerziellen Vorteil der Firma.

- »Haaröl-schwindler« (Frisch)

Lügen als Handlungsprinzip

Eine wiederholt starke Neigung zur Unwahrheit zeigt Biedermann auch im Umgang mit seiner Frau, deren Misstrauen gegenüber den fremden Männern im Haus er durch wiederholt falsche Beschwichtigungsversuche (»BIEDERMANN – – zum letzten Mal: Er ist kein Brandstifter.«, S. 20), durch die vorsätzliche Verkehrung der Schuldzuweisungen (»Das ist ja zum Verrücktwerden, ihr mit euren Brandstiftern die ganze Zeit –«, S. 20) und vor allem durch die heimliche Unterbringung von Josef Schmitz auf dem Dachboden (S. 18) so unterläuft, dass Babette entweder aus Gehorsam gegenüber ihrem despotisch auftretenden Ehemann keinen eigenen Entscheidungsspielraum oder sogar vorübergehend überhaupt keine Kenntnis von den einzelnen Geschehnissen hat (siehe Abschnitt »Babette Biedermann«, S. 44–46). Mit den Worten »Still! – aber nicht vor meiner Frau ...« wird Biedermann den Brandstiftern schließlich, fast ohne noch zu zögern, die »Streichhölzchen« (S. 66) zur Ausführung des Attentats aus der eigenen Tasche heraus übergeben. Er macht sich damit endgültig mit dem Zerstörungswerk der Verbrecher gemein.

Komplize der Brandstifter

Die Taktik der Täuschung als Handlungsprinzip enthält im innersten Kern die ursprüngliche Selbsttäuschung. Diese tritt ganz offen an die Oberfläche, als sich Biedermann mit der unverrückbaren Wirklichkeit des Bösen auseinandersetzen muss. Indem er sich von einem Augenblick zum anderen einer lebensbedrohlichen Gefahr ausgesetzt sieht, richtet er den Betrug gegen sich selbst, um nicht an den katastrophalen Gegebenheiten in seinem Hause zu verzweifeln.

Selbstbetrug

Systematisch blendet er daher bis zum schrecklichen Ende die abgründige Wahrheit aus, mit der ihn die Straftäter in brutaler Offenheit konfrontieren (»EISENRING Wir sind Brandstifter.«, S. 65). Die bewusste Verkennung der Tatsachen gipfelt in der Schlussszene darin, dass Biedermann mit Förmlichkeiten (»Mach einen Kaffee, Babette!«, S. 64) und Formeln wie »Scherzen wir nicht länger«, »Meine Herren, jetzt ganz im Ernst –« oder »Das ist nicht wahr« (S. 65) sowie mit Lügen (»Ich halte Sie ja nicht für Brandstifter, meine Herren [...] ... Nein! Nein, nein! Nein!«, S. 65), mit Falscheid (»SCHMITZ Aber wofür halten Sie uns denn? BIEDERMANN Für meine – Freunde ... [...] Ich schwöre es Ihnen, meine Herren, bei Gott!«, S. 65) und noch zum Zeitpunkt des ausbrechenden Infernos mit logisch widersinnigen Behauptungen den letzten Rest seiner Würde verspielt:

Ausweichmanöver

Selbsterniedrigung

BABETTE Was hast du denen gegeben? Ich hab's gesehen – Streichhölzer?
BIEDERMANN Warum nicht.
BABETTE Streichhölzer?
BIEDERMANN Wenn die wirkliche Brandstifter wären, du meinst, die hätten keine Streichhölzer? ... Babettchen, Babettchen! (S. 68)

Babette Biedermann

Gottliebs Ehefrau Babette, deren Vorname ohnehin schon eine verniedlichte Koseform der Namen Barbara bzw. Elisabeth darstellt, wird in dem oben zitierten Dialog durch das Diminutiv »Babettchen« buchstäblich nochmals verkleinert. Gottlieb Biedermann verwendet diese Anrede hier in ironischer Weise, um seine Frau lächerlich zu machen und sich selbst dadurch überlegen wirken zu lassen.

■ Objekt der Herabwürdigung

In Bezug auf die Paarbeziehung der Eheleute Biedermann wird aber nicht erst am Ende des Dramas die dem Zeitgeist der fünfziger Jahre entsprechende traditionelle Zuordnung der Geschlechterrollen – hier der dominante Mann, dort die Frau in einer subalternen Position der Abhängigkeit und Hörigkeit – hervorgehoben. Ihr obliegen von jeher die Aufgaben einer ›tüchtigen‹ Hausfrau, die sich – wie das Frühstück des Josef Schmitz in Szene 2 in geradezu parodistischer Weise zeigt – aufmerksam um das leibliche (»Sie müssen tüchtig essen, Sepp«, S. 22) und um das seelische Wohl von Gästen kümmert (»Herr Schmitz, Sie haben sicherlich eine harte Jugend gehabt –«, S. 25). Sie fungiert als Köchin (»Mein Mann hat eine Gans bestellt [...]. Und ich soll sie braten!«, S. 49) bzw. – wie das Dienstmädchen – als gehorsame Dienerin ihres Mannes. Sie bleibt zumeist darauf bedacht, ihre Umgebung nicht zu brüskieren und den äußeren Schein gesellschaftlicher Konventionen der Förmlichkeit und Wohlanständigkeit zu wahren.

■ Hierarchische Geschlechterbeziehung

■ Zeitspezifisches Rollenbild der Frau

Wie ihr Mann, der ihr zunächst die Unterbringung von Josef Schmitz auf dem Dachboden verheimlicht, so verheimlicht auch sie zunächst ihrem Mann den Aufenthalt Willi Eisenrings, denn Gottlieb Biedermann wird von dessen Anwesenheit im Haus völlig überrascht sein, als er Schmitz wegen nächtlicher Ruhestörung zum Verlassen des Hauses zwingen will.

■ Gegenseitige Täuschung der Eheleute

Deutlicher als ihr Mann zeigt Babette zwar Anzeichen von Aufbegehren (»*Das Gansessen ist im vollen Gange, Gelächter [...]; nur Babette lacht durchaus nicht*«, S. 54), von offenem Misstrauen (»Ist das denn wahr, Herr Schmitz, Sie haben Putzfäden auf unseren Dachboden gebracht?«, S. 54) und von düsteren Gefühlen (»ich werde so eine dumme Ahnung nicht los: daß sie vielleicht zum letzten Mal so läuten, die Glocken unsrer Stadt ...«, S. 49), doch verharrt auch sie letztlich in der Schockstarre eines willenlosen Opfers, das sich aus Angst um den Fortbestand ihres bürgerlichen Wohlergehens den manipulativen Rede- und Verhaltensweisen der Brandstifter ebenso fügt wie denjenigen ihres Mannes:

■ Unterdrückter Widerstand

■ Abhängigkeitsverhältnis

BABETTE [...] Ich weiß nicht, meine Damen, ob Gottlieb immer recht hat. Das hat er nämlich schon einmal gesagt: Natürlich sind's Halunken, aber wenn ich sie zu meinen Feinden mache, Babette, dann ist unser Haarwasser hin! Und kaum war er in der Partei – (S. 49)

■ ›Komplizin‹ des Hausherrn

Wie ihr Ehemann, der die Attentäter noch im Augenblick der beginnenden Feuersbrunst mehrfach als »[s]eine Freunde« bezeichnet, die er duzen und mit denen er »Bruderschaft trinken« will, bevor er sie schließlich sogar in einer widerwärtig-rührseligen Geste *»auf die Wange [küßt]«* (S. 66), reagiert auch Babette, während *»man [...] Sturmglocken«* hört, mit einer verlogenen Höflichkeitsfloskel auf den Abschiedsgruß des Brandstifters Eisenring, als sie sagt: »Es war ein reizender Abend.« (S. 67)

■ Sklavische Unterwürfigkeit

Josef Schmitz

Der Familienname von Josef Schmitz steht wortgeschichtlich in Verbindung mit dem Beruf des Schmieds, dessen Handwerk darin besteht, Metall durch Feuer so stark zu erhitzen, dass es sich zu Gebrauchsgegenständen formen lässt. Die damit offenbar nicht zufällige Namengebung des Brandstifters Schmitz legt eine weitergehende Verbindung zur mythologischen Figur des Hephaistos nahe, der als Gott des Feuers, der Schmiedekunst und der Vulkane unter anderem auch im Auftrag seines Vaters Zeus aus Lehm die Gestalt der verführerisch schönen und liebreizenden Pandora schuf, damit diese als Rache für den Diebstahl des göttlichen Feuers durch Prometheus den Menschen eine Büchse bringe, die beim verbotswidrigen Öffnen alle in ihr enthaltenen Laster und Untugenden in die Welt setzt.

■ Der mit dem Feuer arbeitet

»Sepp« Schmitz (S. 22), wie er sich in einer Kurzform seines Vornamens Josef nennen lässt, verkör-

■ *Outcast* – Außenseiter

pert als Arbeits- und Obdachloser das Gegenbild zu dem bürgerlichen Hausbesitzer und Firmeninhaber Gottlieb Biedermann. Nach eigenen und daher nicht unbedingt verlässlichen Angaben in ärmsten Verhältnissen voller Entbehrungen aufgewachsen, arbeitete der Sohn eines Köhlers, der Holz in einem Ofen mit Gluthitze zu Holzkohle verarbeitet, und einer Mutter, die schon starb, als er erst sieben Jahre alt war (S. 24 f.), nach einer, wie Eisenring sagt, »tragische[n] Jugend« (S. 43) im Waisenhaus (S. 24) als Schwergewichtsringer in einem Zirkus. Nur wenig verschlüsselt offenbart er Biedermann, dass er in seinem bisherigen Leben mit Brandstiftung und Mord eine Spur der Gewalt hinterlassen hat, so durch einen Brandanschlag auf den Zirkus seines Arbeitgebers (S. 13) und durch die vorsätzliche Körperverletzung eines Mannes, der ihn durch die Polizei verhaften lassen wollte (S. 14).

■ Gewalttäter

Mit einer strategisch ausgeklügelten Mischung aus gewaltsamer Aufdringlichkeit, nahezu unverhüllten Drohungen und übertrieben kultivierter Höflichkeit verschafft er sich aus Gründen, die dem Publikum verborgen bleiben, Zutritt in die Privatsphäre desjenigen, der kurz zuvor noch in den Medien über die akute Gefährdung von Bürgern durch vermeintlich »harmlose[] Hausierer« (S. 9) informiert worden war. Seine Dreistigkeit ebenso wie seine zur Schau gestellte Unterwürfigkeit und seine furchteinflößende Gestalt nämlich veranlassen Biedermann in einem bizarr-verwirrenden Gesamteindruck der Undurchschaubarkeit zu widersprüchlichen Reaktionen, die

■ Hinterhältigkeit

■ Verunsicherung durch Irritation

Ausdruck seiner tiefen Verunsicherung und Ratlosigkeit sind. Josef Schmitz zeigt sich im Gegensatz dazu ausdauernd widerständig gegen alle Versuche, ihn aus dem Haus zu weisen. Die schamlose Offenheit seiner Rede (»SCHMITZ Das Mädchen hat mir gesagt, Herr Biedermann will mich persönlich hinauswerfen, aber ich habe gedacht, Herr Biedermann, daß das nicht Ihr Ernst ist ...«, S. 11) und sein naturhaft-wildes Aussehen (*»ein Athlet, sein Kostüm erinnert halb an Strafanstalt und halb an Zirkus. Tätowierung am Arm, Lederbinde um die Handgelenke.«*, S. 10) erzeugen bei dem Haarwasserfabrikanten ein Gefühl der Bedrohung, das ihn zum Einlenken veranlasst.

■ Kaltblütig-primitive Rohnatur

Wie alle anderen Figuren des Stücks verkörpert Schmitz trotz seines sehr eigenwilligen äußeren Erscheinungsbildes und trotz konkreter Angaben zu seiner Sozialisation kein unverwechselbares Individuum, sondern lediglich einen Typus mit den allgemeinen Merkmalen psychischer, sozialer und moralischer Verwahrlosung. Darin gleicht er seinem ebenfalls grob gezeichneten Komplizen Eisenring, der – bar aller Mitleidsfähigkeit und eiskalt gegen alle humanistischen Werte verstoßend – sein Werk der Zerstörung vorantreibt.

Willi Eisenring

■ Bestie Mensch

Sein Familienname bereits vergegenwärtigt die gleichsam metallische Härte etwa einer Handschelle oder einer Fußfessel und den unentrinnbaren Kreislauf von Gewalt, mit welchen »Wilhelm Maria Eisenring« (S. 29) seine teuflische Lust an der Zerstörung befriedigt. Kaum wird sein Name von Josef Schmitz in Anwesenheit der Eheleute Biedermann erstmals erwähnt, kündigt das mehrfache Klingeln der Haustür auch schon die unmittelbare physische Anwesenheit des mysteriösen Mannes an, der zunächst namenlos bleibt und lediglich als der *»Andere«* (S. 27) bezeichnet wird. Sein Auftritt in Frack, weißer Weste und Krawatte markiert schon mit der Kleidung die Doppelnatur dieses ehemaligen Kellners, der einerseits eine zivilisationskritische Sicht auf den mit dem Verlust von »Barmherzigkeit« (S. 26) und Menschlichkeit verbundenen Niedergang der Menschheit zur Schau stellt, zugleich aber selbst personifizierter Inbegriff eines unmenschlich-mörderischen Vernichtungswillens ist. Mit Willis Selbstauskunft, »[v]on der Feuerversicherung« (S. 26) zu sein, gibt er, der auch noch mit dem zweiten Vornamen Maria (S. 29) ein äußerliches Etikett der Unschuld besitzt, den Zynismus seines doppelten Spiels aus vermeintlichem Anstand und tatsächlichem Verbrechertum preis.

Mann mit weißer Weste

Während Schmitz am Anfang zur Durchsetzung seiner kriminellen Ziele vor allem die eigene Biografie als die Geschichte einer »tragische[n] Jugend« (S. 43) gezielt dazu benutzt, um sich mit diesem einfachen Trick als Opfer zu stilisieren und Mitleid zu wecken, setzen Eisenring und er gemeinsam später immer wieder das komplexere Verfahren des ironischen Spiels ein, um im Hause Biedermann den Eindruck

Tricks der Illusionsbildung

der eigenen Unbescholtenheit und Gutmütigkeit zu erzeugen. So ironisch, wie Eisenring, der missratene Sohn aus mutmaßlich ›gutem‹ Hause (S. 43), Exstrafgefangene (S. 43, 56) und Schwerverbrecher, sich anfangs als angeblicher Mitarbeiter einer Feuerversicherung vorstellt, so weist er beispielsweise auch Schmitz im falschen Ton der Entrüstung und der Ermahnung zurecht, als Biedermann überhaupt erst die bis dahin heimliche Anwesenheit Eisenrings auf dem Dachboden bemerkt:

Makabrer Humor

> BIEDERMANN Wieso, meine Herrn, wieso sind Sie plötzlich zwei? […] Ohne zu fragen!
>
> EISENRING Siehst du […] Ich hab's dir ja gesagt. Das macht man nicht, Sepp, du hast kein Benehmen. Ohne zu fragen. Was ist das für eine Art: – plötzlich sind wir zwei. […]
> *Er wendet sich an Biedermann.*
> Ich versteh Sie vollkommen, Herr Biedermann. Alles was recht ist, aber schließlich und endlich –
> *Er schreit Schmitz an.*
> Meinst du eigentlich, ein Haueigentümer braucht sich alles gefallen zu lassen? (S. 29 f.)

Psychologische Raffinesse

Indem er sich in Anwesenheit des Hausherrn seinem Komplizen gegenüber moralisch und geistig überlegen gibt, vermittelt er den beruhigenden Eindruck, die gefährlich rohe Natur des Schwergewichtsringers bändigen zu können. Dass sich hinter dieser raffinierten Illusionsbildung tatsächlich ein amoralischer Un-

Ungleiche Komplizen

geist voller Niedertracht und Unmenschlichkeit verbirgt, enthüllt sich zunehmend in der grausam-zynischen Offenheit seines Redens und Handelns, die auf der Erkenntnis fußt, dass »die beste und sicherste Tarnung« der bösen Tat »immer noch die blanke und nackte Wahrheit« ist, denn diese, so Eisenring in einer unverblümten Erläuterung seines Weges zur machtvollen Überlegenheit, »glaub[e] niemand« (S. 43).

Dämon

Dementsprechend benennt er Gegenstände wie »Zündkapsel« und »Zündschnur« bzw. »Knallzündschnur« (S. 45) nicht nur explizit mit ihren konkreten Begriffsbezeichnungen, sondern bittet Biedermann, der ihm dann auch bereitwillig Unterstützung leistet, ausdrücklich und höflich um Hilfe als buchstäblicher Handlanger bei den Vorbereitungen zum Attentat: »*Er gibt Biedermann das Ende der Schnur.* / Wenn Sie so freundlich sein möchten, Herr Biedermann, dieses Ende zu halten, damit ich messen kann.« (S. 45)

Ton des Experten

Ton der Höflichkeit

In der perversen Logik des Waffenhandels beklagt er gegenüber dem Fabrikanten Biedermann die hohen Kosten von Rüstungsgegenständen (»Alles was mit Krieg zu tun hat, ist furchtbar teuer, immer nur erste Qualität«, S. 45), bevor er in der fälschlichen Annahme, dass die Polizei im Hause sei, deren Recht und Ordnung gewährleistende Funktion mit den polemischen Worten »Schon wieder die Polizei? [...] Wenn das kein Polizeistaat ist« (S. 46) diskreditiert.

Ton der Klage

Ton der Entrüstung

Dr. Phil.

■ Bildungsbürger

Die eigentliche Funktion dieser namenlosen Figur erschließt sich aus den erklärenden und erläuternden Worten des Chores, die den unbekannten Mann als Bildungsbürger ausweist, der seine nicht näher spezifizierten weltanschaulichen Ideale mit terroristischen Mitteln durchsetzen will:

> CHOR Einer mit Brille. / Sohn wohl aus besserem Haus, / Neidlos, / Aber belesen, so scheint mir, und bleich, / Nimmermehr hoffend, es komme das Gute / Aus Gutmütigkeit, / Sondern entschlossen zu jedweder Tat, / Nämlich es heiligt die Mittel (so hofft er) der Zweck, / Ach, / Hoffend auch er … bieder-unbieder! / Putzend die Brille, um Weitsicht zu haben, / Sieht er in Fässern voll Brennstoff / Nicht Brennstoff – / Er nämlich sieht die Idee! / Bis es brennt. (S. 49)

■ Befehlsempfänger

Obwohl er ein Geisteswissenschaftler mit einem akademischen Titel ist, wird dieser mutmaßliche Anstifter des Attentats von Schmitz und Eisenring nur mit Geringschätzung bedacht. In einem entsprechend groben, keinen Widerspruch duldenden Befehlston weist Eisenring ihn, der aus seiner Sicht ein bloßer »Weltverbesserer« (S. 48) und freudloser Ideologe ist, vor dem Beginn des Abendessens mit dem Ehepaar Biedermann an, am Schauplatz der Vorbereitungen zur Brandstiftung Wache zu halten und darauf zu achten, »[d]aß keiner hereinkommt und raucht« (S. 48).

Verräter der eigenen Sache

Mit seiner schon hier geäußerten Annahme, dass dieser für die praktische Umsetzung der verbrecherischen Tat untaugliche Theoretiker das Potential zum Verräter habe, wird Eisenring recht behalten, denn gleich zu Beginn des Abendessens wird Dr. phil. den Gastgeber »dringend« (S. 59) bitten, ihn »unter vier Augen« (S. 60) zu sprechen, da er nach Angaben des Dienstmädchens, welches das Anliegen des nur durch eine *»Visitenkarte«* (S. 59) ausgewiesenen Fremden überbringt, »nicht länger schweigen«, »etwas enthüllen« und »sich distanzieren« (S. 60) möchte.

Denunziation

Erst zum Zeitpunkt des Brandanschlags gelingt es Dr. phil., sein Vorhaben umzusetzen. Mit einem offenbar vorbereiteten *»Schriftstück«* (S. 67), das er später Biedermann überreicht, zeigt er sich der Öffentlichkeit gegenüber »zutiefst erschüttert von den Ereignissen, die zur Zeit im Gang sind« (S. 67) und die ihm zufolge »nur als verbrecherisch bezeichnet werden können« (S. 67). Dass er als, wie er über sich selbst sagt, »ernster und ehrlicher [Weltverbesserer]« (S. 68) hier den lügenhaften Versuch unternimmt, die Verantwortung und Mitschuld für das stattfindende Inferno auf die Handlanger seiner Umsturz- und Zerstörungsphantasien abzuwälzen, erweist sich in der Phrasenhaftigkeit seines Schriftstücks und im offenkundigen Kalkül von dessen rechtzeitiger Veröffentlichung. Indem der *»Akademiker«* anschließend *»über die Rampe«* steigt und sich *»ins Parkett«* (S. 68) setzt, seine physische Präsenz also vom Bühnen- in den Zuschauerraum verlagert, illustriert er die behauptete innere Distanzierung auch räumlich.

■ Sadistische Motivation der Brandstifter

Gleichwohl ist die Haltung des Dr. phil. nicht ausschließlich eine des feigen Verrats. Vielmehr ist seiner Enttäuschung darüber, dass die Terroristen nicht aus ideologischen Gründen der Veränderung der bestehenden Verhältnisse handeln, sondern »es aus purer Lust« (S. 68) machen, möglicherweise Glauben zu schenken.

Anna

■ Äußerliche Profillosigkeit

■ Korrektheit in Sprache und Auftreten

Nach außen erscheint Anna wie eine einfache Hausangestellte, von der weder der familiäre Hintergrund noch die näheren persönlichen Lebensumstände bekannt sind. Dienstbeflissen erfüllt sie die ihr zugewiesenen Pflichten, zu denen unter anderem der Empfang und die Meldung von Gästen sowie das Servieren von Speisen und Getränken gehören. Ihrem Arbeitgeber Gottlieb Biedermann gegenüber verhält sie sich selbst dann loyal und gehorsam, als dieser ihr den völlig ungewöhnlichen Auftrag erteilt, ihre Dienstkleidung mit »Häubchen« und »Schürzchen« (S. 52) gegen eine unauffällige Bekleidung auszutauschen und den aufwendig gedeckten Tisch von allen luxuriösen und dekorativen Accessoires zu befreien.

Trotz ihrer häufig förmlichen und höflichen Ausdrucksweise, die ihr etwas Marionettenhaftes verleiht, und trotz der Widerspruchslosigkeit ihres Verhaltens gibt es mimische und gestische Hinweise auf einen erheblichen inneren Widerstand gegen die unerbetenen Besucher. So sagt Schmitz: »Wie das Fräulein mich ansieht! Verdammt nochmal! Wenn's auf die ankäme, ich glaub, ich stünde draußen im strömenden Regen.« (S. 23) Im weiteren Verlauf der Handlung wird Anna den zum Abendessen geladenen Verbrechern bei deren Eintreten ostentativ mit Missachtung begegnen, indem sie hinausgeht, *»ohne die beiden anzublicken«* (S. 53). Ihre lange zur Schau getragene Gefälligkeit zerbricht schließlich vorübergehend, als sie unter dem Eindruck der zerfallenden Ordnung im Hause Biedermann aus Verzweiflung *»in Heulen aus[bricht]«* (S. 57) und aus Angst *»die Hände vors Gesicht«* (S. 61) hält.

■ Innerer Widerstand

■ Verlust der Selbstkontrolle

■ Fassungslosigkeit

Die Eheleute Knechtling

Sowohl der Name Knechtling als auch der Wohnort der Familie (»Roßgasse«, S. 34) verweisen begrifflich auf die analoge Unterwerfung von Mensch und Tier unter die Herrschaft einer sie bestimmenden Macht. Johann Knechtling ist als Lohnabhängiger das Opfer von Ausbeutung und willkürlichem Machtmissbrauch, nachdem ihm nicht nur der ihm zustehende Anteil am Gewinn der Firma vorenthalten, sondern ihm auch gekündigt worden ist. Während Biedermann, wenn auch wider Willen, dem Hausierer und mutmaßlichen Brandstifter Schmitz sowie wenig später auch dessen Komplizen Eisenring den Aufenthalt in seinem Haus gewährt, verweigert er seinem langjäh-

■ Geknechtete Menschennatur

■ Erniedrigung durch den Arbeitgeber

rigen Angestellten Johann Knechtling, der gekommen ist, um von ihm die Rücknahme der Kündigung seines Arbeitsverhältnisses zu erbitten, den Zutritt und die Einwilligung in ein klärendes Gespräch. Nachdem der Verzweifelte seinen ehemaligen Chef trotz letzter eindringlicher Hinweise auf seine prekäre familiäre Situation (er ist Ehemann einer »kranke[n] Frau« und Vater von »drei Kinder[n]«, S. 16) und auf seine offenbar außerordentlichen beruflichen Leistungen (Biedermann war »immer […] zufrieden mit ihm«, S. 21, und müsste ihn insbesondere auch »an [] einer Erfindung«, S. 16, zum Wohl der Firma finanziell beteiligen) vergeblich um Verständnis und Anerkennung ersucht hat, wird der »alte[] Mann« (S. 34) sich bald darauf das Leben nehmen. Es bleibt seiner namenlosen Witwe überlassen, einen letzten, ebenfalls erfolglosen Versuch zu unternehmen, um bei dem Arbeitgeber ihres toten Mannes doch noch für sich und ihre Kinder eine Unterstützung zu erwirken. Als *»schwarze Witwe«* (S. 43), die wortlos, hilflos und schließlich im Stehen darauf wartet, von Biedermann empfangen zu werden, verkörpert sie gleich einer Statue die düster-stumme Anklage gegen das ihr durch Unrecht widerfahrene Unheil.

Arbeitslosigkeit und Geldnot

Ausweglosigkeit und Verzweiflung

4. Form und literarische Technik

Biedermann und die Brandstifter ist in gattungstypologischer Hinsicht ein Drama, das durch den Untertitel »Ein Lehrstück ohne Lehre« sowie durch Attribute wie Komödie, Parabel, Groteske, Farce und Posse weiter spezifiziert wird.[2]

■ »Lehrstück« …

Die Bezeichnung dieses Schauspiels als »Lehrstück« hebt die pädagogisch-didaktische Absicht des Autors hervor. Er möchte durch die demonstrative Darstellung eines menschlichen Fehlverhaltens beim Publikum die Einsicht in die Notwendigkeit einer Haltungs- und Gesinnungsänderung – hier: die Bereitschaft zu Wachsamkeit und Widerstand angesichts von ›nackter‹ Gewalt – provozieren. Der Zusatz »ohne Lehre« wiederum resultiert aus Max Frischs Abwehr einer thematischen Engführung im Sinne einseitiger Verweise auf eine bestimmte geschichtliche Wirklichkeit (siehe das Kapitel 6, S. 87, in diesem Lektüreschlüssel).

■ … »ohne Lehre«

Auch das »Nachspiel« (S. 71–95), das erst nach der Schweizer Uraufführung von *Biedermann und die Brandstifter* für die Erstaufführung des Dramas auf einer deutschen Bühne von Frisch hinzugefügt worden war, zielte direkt auf die Verhinderung von Fehldeutungen, die in den Brandstiftern Agenten des Kommunismus und in dem Bourgeois Biedermann

■ Nachspiel

2 *Materialien zu Max Frisch »Biedermann und die Brandstifter«*, hrsg. von Walter Schmitz, Frankfurt a. M. 1979 (suhrkamp taschenbuch, 503), S. 75.

deren naives Werkzeug sahen.[3] In der Manier einer grotesken Posse oder Farce, die zugleich Elemente aus Goethes *Faust*-Tragödie parodiert, zeigt das »Nachspiel« das Ehepaar Biedermann nach seinem Tod in einer Umgebung, die es zu Beginn irrtümlich für den Himmel hält, weil es die eigenen Verfehlungen im Umgang mit den Guten (Knechtling) und mit den Bösen (Schmitz, Eisenring) leugnet.

Nur allmählich wird den beiden zu ihrem großen Entsetzen bewusst, dass sie sich in der Hölle befinden, wo Willi Eisenring und Josef Schmitz sich jeweils als der »Herr der Unterwelt« (S. 82) und als Beelzebub im Bockskostüm zu erkennen geben. Trotz dieser unverrückbaren Tatsache beharren Gottlieb und Babette Biedermann auch diesmal – wie schon in ihrem irdischen Leben – auf der unbezweifelbaren Richtigkeit ihrer eigenen Selbstwahrnehmung, der zufolge sie, wie sie mehrfach betonen, »schuldlos« (S. 74, 76) sind. Zugleich sehen sie sich selbst als »Opfer« (S. 76) eines Totalverlusts ihres Eigentums (»Wir haben alles verloren«, S. 76) mit einem rechtlichen Anspruch auf »Wiedergutmachung« (S. 80). Seine persönliche moralische Schuld an der Brandkatastrophe relativiert Biedermann unter Hinweis auf die Kollektivschuld all derer, die ebenso wie er selbst »Streichhölzchen gegeben« (S. 81) haben, sowie unter Beru-

■ Beelzebub: Dem Satan untergeordneter Höllenfürst

■ Leugnung individueller Schuld

3 Walter Schmitz, »Biedermanns Wandlungen. Von der ›Burleske‹ zum ›Lehrstück ohne Lehre‹«, in: *Max Frisch*, hrsg. von W. S., Frankfurt a. M. 1987, S. 229–260, hier S. 245, 250.

fung auf seine Ahnungslosigkeit gegenüber dem, »was in [seinem] Haus vorging« (S. 82).

Verdrängung der Hitlerzeit

Das »Nachspiel« verweist mit dieser grotesken Darstellung von Biedermanns Zurückweisung persönlicher Verantwortung unverkennbar auf die Haltung der Deutschen, die nach dem Ende des Zweiten Weltkriegs ihre Mitschuld an den Verbrechen des nationalsozialistischen Regimes nach außen hin zurückwiesen und nach innen hin verdrängten.

Parabel

Mit der wiederholten Bezeichnung seines Stückes als Parabel unterläuft Max Frisch die Neigung seiner Zeitgenossen, in dem Stück ausschließlich ein satirisches Abbild des einvernehmlichen Verhältnisses von Bourgeoisie und Faschismus bzw. Kommunismus zu sehen. Für ihn handelt es sich bei *Biedermann und die Brandstifter* vielmehr nicht um eine bloß plakative Kritik an der historischen Kollaboration des Bürgertums mit dem Totalitarismus, sondern um eine »Parabel für die Inkongruenz von Phraseologie und Praxis«[4], also um eine Auseinandersetzung mit massiven Verstößen gegen die Aufrichtigkeits- und Ernsthaftigkeitsbedingungen sprachlicher Kommunikation:

Thema: Sprachhandeln

> Biedermann und Frau unterliegen in der Partie gegen die Brandstifter, weil, was sie sagen, nicht gemeint ist; und weil, was sie meinen, nicht gesagt ist. Ihre Sprache dient nicht der Darstellung, sondern der Verstellung; was sie reden, ist ein unauf-

4 Ebd., S. 250.

> hörlich erneuerter Hinweis auf die verlorene Identität von Wort und Welt. Biedermann ist nicht beim Wort zu nehmen; er wird darum so lächerlich wie grauenvoll verfügbar.[5]

■ Komik

■ Figurenkomik

■ Vom Größen-Ich zum Zwergen-Ich

■ Typenkomödie

Zentrale Ausdrucksform des Stückes ist dementsprechend die in den sechs Szenen des Stücks vorherrschende Komik. Sie entsteht aus der Differenz zwischen Anspruch und Wirklichkeit, so etwa schon eingangs in der lächerlich wirkenden marktschreierischen Pose der Titelfigur, welche lautstark die Todesstrafe für hausierende Brandstifter fordert, auf die Meldung eines Einlass begehrenden Hausierers vor seiner Tür aber mit den Worten »Ich bin nicht zu Hause!« (S. 9) reagiert. In dieser verbalen Selbstverleugnung artikuliert sich das reflexartige Bedürfnis des »Ängstliche[n]« (S. 27), die auf ihn einstürzende bedrohliche Wirklichkeit durch die zauberformelartige Beschwörung des eigenen Verschwindens zu bannen. Die Sehnsucht nach systematischer Ausblendung der »Zeichen des Unheils« (S. 35) bleibt das typische Markenzeichen des Biedermann, dessen Ich offenbar nicht mehr ist als ein Produkt der Summe aus Täuschung und Selbsttäuschung. In dem unterwürfigen Höflichkeitsgestus seiner Sätze (»Ich möchte nicht stören. [...] Ich möchte mich nicht aufdrängen ...«, S. 42), den Biedermann etwa selbst noch angesichts des verbre-

5 Werner Weber, »Zu Frischs *Biedermann und die Brandstifter*«, in: *Max Frisch*, hrsg. von Walter Schmitz, Frankfurt a. M. 1987, S. 225–229, hier S. 226.

cherischen Treibens der Brandstifter auf dem Dachboden seines Hauses an den Tag legt, offenbart sich die lächerlich-groteske Scheinidentität des Protagonisten.

Der »Blödsinn« (S. 8, 69), den der Chor der Feuerwehrleute am Anfang und am Ende der Dramenhandlung als irrationale Ursache und als schicksalhaftes Ergebnis des fortwährenden Unheils benennt, konkretisiert sich auch in der Verkettung von aberwitzigen Situationen. So muss Biedermann das Verstecken von »Tischtuch«, »Damast« (S. 55), »Fingerschalen«, »Servietten« (S. 56) und »Messerbänklein« (S. 57) um einer proletarischen Kulisse willen hastig wieder rückgängig machen, nachdem die Brandstifter die wertvollen Utensilien beim Gansessen als Augenschmaus vermissen.

■ Situationskomik

Auf Annas erstaunten Hinweis hin, dass Biedermanns plötzlicher Befehl zum Herbeischaffen der Luxusgegenstände im Widerspruch zur ursprünglichen Anweisung stehe, entwickelt sich ein kurzes Wortgefecht. Die schusswechselartige Auseinandersetzung um die Frage nach der Letztgültigkeit von Biedermanns gegensätzlichen Direktiven »Her damit!« und »Weg damit« (S. 56 f.) erinnert an die possenhaften Dialoge zwischen Herr und Dienerin in Molières Komödien.

■ Sprachkomik

Auch die Übernahme des stilistisch hochgradig artifiziellen Sprachduktus aus Sophokles' Tragödie *Antigone* (vermutlich 442 v. Chr.) in satirisch verfremdeter Form ist unverkennbar (siehe Kapitel 5, S. 71–

■ Klassizistische Komödie

■ Antike Tragödie

74). Während der »Chor thebanischer Greise«[6] in *Antigone* den selbstmörderischen Widerstand einer jungen Frau gegen eine unmenschliche staatliche Ordnung in sublime und subtile Gedanken über den Menschen und sein Schicksal kleidet (»Zahlreich ist das Ungeheure, doch nichts / ungeheurer als der Mensch«[7]), wird hier der Chor auf das Personal einer lokalen Feuerwache übertragen und sein Vokabular alltags- und umgangssprachlich banalisiert. So heißt es beispielsweise im Hinblick auf die Selbstverantwortung menschlichen Handelns lakonisch: »Nimmer verdient, / Schicksal zu heißen, bloß weil er geschehen: / Der Blödsinn, / Der nimmerzulöschende einst!« (S. 8)

Parodie

Mysterienspiel

Jedermann

Schon im Ganzen ist *Biedermann und die Brandstifter* daher eine Parodie auf das ausweglose Schicksal ›schuldlos-schuldiger‹ Protagonisten in der antiken attischen Tragödie sowie auch auf das Mysterienspiel in der Art, wie es im christlich-frommen *Apostelspiel* von Max Mell eine späte, nachmittelalterliche Gestalt annimmt (siehe Kapitel 5, S. 64 f.). Doch auch im Einzelnen enthält Frischs Theaterstück parodistische Züge, wenn man etwa die wortakrobatisch-verstümmelte und von den Brandstiftern in der Art einer Performance dargebrachte Aufführung einer Pseudo-Szene aus Hugo von Hofmannsthals Theaterstück *Je-*

6 Sophokles, *Antigone*, Übers., Anm. und Nachw. von Kurt Steinmann, Stuttgart 2013 (Reclams Universal-Bibliothek Nr. 19075), S. 5.

7 Ebd., V. 332 f.

dermann (S. 61 f.) betrachtet (siehe Kapitel 6, S. 87 f.). Schmitz' Wort von »Brot und Wein« (S. 11) und Gottlieb Biedermanns Wunsch, das Abendessen mit den Attentätern möge »wie beim Abendmahl« an einem ungeschmückten »hölzerne[n] Tisch« (S. 52) erfolgen, sind satirische Verfremdungen der »antik-christliche[n] Tradition des Gastmahls als einer ehrwürdigen Form der ritualisierten menschlichen Beziehung«[8] und somit eine Parodie.

Abendmahl

8 Hans Bänziger, »Fuchs, du hast die Gans gestohlen … (1978)«, in: *Materialien zu Max Frisch »Biedermann und die Brandstifter«*, hrsg. von Walter Schmitz, Frankfurt a. M. 1979, S. 209–223, hier S. 211.

5. Quellen und Kontexte

Der österreichische Schriftsteller Max Mell (1882–1971) ist bis heute umstritten wegen seiner starken Nähe zum nationalsozialistischen Austrofaschismus, einem rechtsextrem-autoritären Herrschaftssystem in Österreich 1933–38. Mell verfasste »sogenannte Mysterienspiel[e] […], eine Mixtur aus naiver Gläubigkeit, bäuerlicher Urtümlichkeit und katholischer Weltordnung«[9]; 1925 veröffentlichte er etwa das Drama einer Bekehrung zum Guten: *Das Apostelspiel* erzählt die Geschichte der fünfzehnjährigen Magdalen, die in ihrem tiefen christlichen Glauben zwei Brandstifter, die auf der Flucht vor der Verhaftung bei ihr und ihrem Großvater Unterschlupf suchen und sich als Heilkundige mit den Namen der Jünger von Jesus, Johannes und Petrus, ausgeben, tatsächlich für Gesandte Gottes hält. Die beiden Männer sind Bolschewisten, Anhänger der kommunistischen Bewegung in Russland bzw. später der Sowjetunion und dem Christentum nicht gerade wohlgesonnen. Unter dem Eindruck ihrer eigenen Rührung entsagen die Männer angesichts der kindlichen Frömmigkeit und Reinheit des Mädchens ihrem bislang sündigen Leben.[10]

■ Austrofaschismus

■ Johannes und Petrus

■ Bolschewismus

9 Evelyne Polt-Heinzl, »Max Mell, wie immer der gehässigste«, in: *Volltext* 3 (2018), online (seit 17. 5. 2019): volltext.net/texte/max-mell-wie-immer-der-gehaessigste/ (Stand: 16. 3. 2022).

10 Schmitz (s. Anm. 2), S. 137 f.

In der Prosaskizze *Burleske*, einem Vorentwurf zu seinem Drama *Biedermann und die Brandstifter*, den Max Frisch 1948 in dem *Tagebuch 1946–1949* veröffentlichte, nimmt der auktoriale Erzähler ausdrücklich auf Max Mells »Legende« Bezug und bewundert sie – unter Bezug auf die Wahrnehmungsweise des Helden – als »ein Stück schöner Poesie«, die »uns die Kraft des rechten Glaubens zeigt«.[11] Doch anders als in dem von religiöser Hoffnung geprägten *Apostelspiel* entkommt in Frischs *Burleske* der anonyme, lediglich mit dem Personalpronomen »du« angesprochene Protagonist dem mörderischen Treiben der Brandstifter nicht, sondern ist am Ende »verkohlt« und kann sich, wie es in einer lakonisch-zynischen Schlussbemerkung heißt, »nicht einmal über [s]eine Geschichte verwundern«[12].

■ *Burleske* – Kernerzählung zum Stück

■ Feuertod

Mit der direkten Anrede an ein Du wird auch der Leser / die Leserin unwillkürlich und persönlich in den Bann der eskalierenden Ereigniskette hineingezogen, welche die Vorbereitungen eines Attentats bis zu dessen tödlichem Ende markiert. Im suggestiven Sog des unmittelbaren Angesprochenseins mündet die Identifikation in der (Vor-)Erfahrung des eigenen Feuertodes und damit im massiven Bewusstsein der eigenen Gefährdung.

Wie in dem späteren Drama *Biedermann und die Brandstifter* folgt der Ablauf der Handlung einer sich

11 Max Frisch, *Burleske*, in: *Tagebuch 1946–1949*, Frankfurt a. M. 1991, S. 281–289, hier S. 283.

12 Ebd., S. 289.

Parodierte Samariter-Geschichte

stetig verschärfenden Zwangssituation der Belagerung, an deren Anfang die Aufnahme eines fremden, angeblich notleidenden Mannes und dann dessen Einladung zum Essen sowie zum Nächtigen auf dem Dachboden stehen.

Nach einer längeren Zeit folgen die Ankunft und Unterbringung eines zweiten Mannes, von dem bekannt ist, dass er wegen Brandstiftung eine Gefängnisstrafe verbüßt hat. Bald darauf ist es für den Hauseigentümer offen erkennbar, dass die unerbetenen Gäste »kleine Fäßlein auf [s]einen Estrich [Dachboden] tragen«, die »nach Benzin« stinken. Die Männer gestehen auf Nachfragen unumwunden ein, dass sie »die ganze Stadt anzünden« wollen und zur Durchführung der Tat nur noch »auf den günstigen Wind« warten. Da sie die zum Entzünden des Feuers »erforderliche Holzwolle« nicht auftreiben können, begnügen sie sich mit »Putzfäden«, die sie höchstwahrscheinlich aus einer Garage gestohlen haben. Die Pointe dieser Kriminalgeschichte besteht in *Burleske* ebenso wie in *Biedermann und die Brandstifter* darin, dass die mit »du« angesprochene Person den Tätern eigenhändig das in ihrem Besitz befindliche »Heftlein mit gelben Streichhölzern«[13] überreicht, das benötigt wird, um den Anschlag zu verüben.

Kriminalgeschichte

Im Unterschied zu der späteren Theaterversion des Stoffes konzentriert sich die *Burleske* sehr stark auf die psychologische Motivation des Opfers zur Koope-

Innenschau der Seele

13 Frisch (s. Anm. 11), S. 289.

ration mit den Verbrechern. Während im *Biedermann* die Außenperspektive vorherrscht, begründet der auktoriale Erzähler in der *Burleske* die Nachsicht und Feigheit des Protagonisten gegenüber den unerhörten Geschehnissen in seinem Haus ausdrücklich aus dessen Gedanken und Gefühlen heraus. Das Einverständnis des Du mit dem Bösen gleich zu Anfang rührt aus seiner Furcht vor der Rache des ersten Täters, der ihm von einem an ihm begangenen, aber nicht näher spezifizierten Unrecht berichtet. Dieses Unrecht, so heißt es gleich zu Beginn der Erzählung,

Protokoll einer Ich-Demontage

> ist unleugbar, und du möchtest nicht, daß es an dir gerächt werde. Und daß es eines Tages gerächt wird, daran gebe es keinen Zweifel, sagt der Mann. Jedenfalls kannst du ihn nicht wegschicken, du gibst ihm Suppe und Brot dazu, wie gesagt, und sogar mehr als das: du gibst ihm recht. Zuerst nur durch dein Schweigen, später mit Nicken, schließlich mit Worten. Du bist einverstanden mit ihm, denn wärest du es nicht, müßtest du sozusagen zugeben, daß du selber Unrecht tust, und dann würdest du ihn vielleicht fürchten. Du willst dich aber nicht fürchten.[14]

Die angstvolle Annahme des Du, dass seine Zurückweisung des fremden Besuchers, der sich nach einer kriminellen Laufbahn zum Opfer seiner eigenen Le-

14 Ebd., S. 281.

bensumstände stilisiert, von diesem als eine weitere üble Bestätigung seines vermeintlichen Opferstatus aufgefasst und diese daher an ihm, dem Du, geahndet werden könnte, entspringt einer paradoxen Logik schuldhafter Verstrickung, die objektiv ungerechtfertigt und moralisch verwerflich ist. Eine ähnlich widersinnige Verkehrung von Gut und Böse sowie von Ursache und Wirkung findet sich an der Stelle, an der das Du zwar Gewissheit hat, dass ihm von den offenkundigen Brandstiftern Gefahr droht, und es diese daher »hinauszuwerfen«[15] beabsichtigt, es jedoch aus Gründen der Furcht vor einem Gesichtsverlust gegenüber den Verbrechern vor dem endgültigen Schritt der Zurückweisung ablässt:

■ Moralisches Versagen

> [W]enn sie keine Brandstifter sind, tust du ihnen sehr unrecht, und das Unrecht macht sie zu bösen Menschen. Böse gegen dich. Das willst du nicht. Das auf keinen Fall. Alles, nur kein schlechtes Gewissen.[16]

In stereotyp wiederkehrenden Formulierungen erweist sich die Schuld mangelnder Zivilcourage als fatales Ergebnis eines handlungsbestimmenden Grundbedürfnisses nach einer Aufrechterhaltung des eigenen Wohlbefindens und Wohlstands: »Du willst Ruhe und Frieden«[17], »du willst Ruhe […], und also

■ Sicherstellung der privaten ›Komfortzone‹

15 Frisch (s. Anm. 11), S. 285.
16 Ebd.
17 Ebd., S. 281.

bleibt dir nichts anderes übrig, als keinen Verdacht aufkommen zu lassen in deiner Brust«[18], »Ein für allemal entschlossen, dich nicht zu fürchten, entschlossen, deine Ruhe und deinen Frieden zu erhalten, tust du, als hättest du nichts gehört«[19].

Autosuggestive Selbstberuhigung

Mit gleichlautenden Formeln der suggestiven Selbstvergewisserung (»Und am andern Morgen, siehe da, steht das Haus noch immer!«[20]) erfindet sich das gefangene Subjekt eine scheinbar dauerhaft intakte Welt, in der Grundwerte wie Anstand (»Du willst das Gefühl, ein guter und anständiger Mensch zu sein«[21]), »Vertrauen«[22], Freundlichkeit[23], der »Glaube an den Menschen«[24] und Verantwortung (»Es drängt dich nicht wenig, edel zu sein, hilfreich und gut«[25]) als Garanten eines Schutzes vor Zerstörung und Tod erscheinen.

Argumentative Selbstentlastung

Das Du belügt sich selbst, indem es das Böse verdrängt (»die Geschichten von wirklichen Brandstiftern, die dir so beharrlich einfallen, sind zu läppisch«[26]), sodann die bedrohlichen Tatsachen beschönigt (»man soll nicht immer gleich das Schlimmste

18 Ebd., S. 282.
19 Ebd., S. 287.
20 Ebd., S. 283 f., 286.
21 Ebd., S. 281 f.
22 Ebd., S. 283.
23 Ebd.
24 Ebd.
25 Ebd.; Goethes Gedicht *Das Göttliche* beginnt mit den programmatischen Versen: »Edel sei der Mensch, / Hülfreich und gut!«.
26 Frisch (s. Anm. 11), S. 282 f.

annehmen, wenn man einen Menschen nicht kennt«[27]) und die negative Wirklichkeit in einer verqueren Logik der Selbstbehauptung positiv umdeutet:

Selbstverbiegung

> [G]esetzt den Fall, es wären wirklich böse Gesellen, gerade dann ist es nicht einfach, sie einfach hinauszuwerfen; nicht ratsam; denn solange du ihr Freund bist, werden sie wenigstens dich verschonen. Freundschaft ist immer das beste! Und wenn du an diesem Morgen hinaufgehst und sie zum Frühstück bitten willst, so ist das [...] eines jener herzlichen Bedürfnisse, die man plötzlich hat und die man, wie du mit Recht sagst, nicht immer unterdrücken soll.[28]

Umsturz in der Tschechoslowakai 1948

Die Notizen in Frischs Tagebuch legen nahe, dass der in der *Burleske* thematisierte Verrat an der Wahrheit zeitgeschichtlich auf den von der Sowjetunion gelenkten Februarumsturz 1948 und auf den Beginn der Alleinherrschaft der Kommunisten in der Tschechoslowakei anspielt. Doch der Gehalt dieses literarischen Textes, der »undatiert zwischen Eintragungen zum Januar und zum April 1948«[29] und damit in historischer Nähe zur »totale[n] Machtübernahme der

27 Frisch (s. Anm. 11), S. 282.
28 Ebd., S. 286.
29 Ingo Springmann, *Erläuterungen und Dokumente. Max Frisch: »Biedermann und die Brandstifter«*, rev. Ausg., Stuttgart 1995, S. 25.

Kommunisten in Prag«[30] steht, beschränkt sich gewiss nicht allein darauf. Max Frisch reagierte mit der Geschichte eines gewöhnlichen Bürgers, der sich aus Gründen des Selbsterhalts und der Besitzstandswahrung mit den zerstörerischen Kräften der Gewalt zu arrangieren sucht, auf diejenigen Menschen, die meinten, dass eine solche Haltung opportunistischer Anpassung an ein von Gewalt und Unterdrückung geprägtes Herrschaftssystem in den westlichen, demokratisch verfassten Staaten der Nachkriegszeit nicht möglich sei.[31]

■ Überzeitlicher Gehalt

Sowohl *Burleske* als auch *Biedermann und die Brandstifter* legen die Verführbarkeit eines jeden Menschen durch Mächte des Bösen offen. Als dramaturgisches Mittel setzt Frisch dafür unter anderem das seit dem antiken griechischen Theater tradierte Element des Chors (griechisch *choros*) ein, der die dramatischen Ereignisse von außen betrachtend berichtet und kommentiert, mitunter aber auch aktiv in das Bühnengeschehen eingreift. Wie in den klassischen altgriechischen Tragödien etwa von Aischylos (525–456 v. Chr.), Sophokles (497/496–406/405 v. Chr.) und Euripides (um 480–406 v. Chr.) oder auch in den Komödien des Aristophanes (zwischen 450 und 444–380 v. Chr.) stellt der Chor ein Bindeglied zwischen dem Publikum und den Vorgängen auf der Bühne dar, die er mit darstellenden Äußerungen zu den Sachverhalten und auch beispielsweise mit

■ Menschliche Schwächen

■ Der Chor

■ Informationen und Kommentare

30 Ebd., S. 26.
31 Ebd.

Klagen, Warnungen und Mitleidsbekundungen begleitet.

Verfremdungseffekte

Archaischer Stil

Wie in der Frühzeit des antiken Dramas steht auch in *Biedermann und die Brandstifter* ein Chorführer an der Spitze dieses Kollektivs. Eine komisch wirkende Veränderung gegenüber der überlieferten Form des Chores ergibt sich in *Biedermann* aus dem Umstand, dass er sich dort aus *»Feuerwehrmänner[n] in Helmen«* (S. 7) zusammensetzt, die sich entgegen ihrer alltäglichen Berufsuniform in der stilisiert archaischen Redeweise des antiken Chorliedes, konkret: im weihevoll-lyrischen Ton des sogenannten Dithyrambus, äußern, dessen zentrales Merkmal unter anderem auch der Wechselgesang zwischen Chor und Chorführer ist:

> CHOR Bürger der Vaterstadt, seht / Wächter der Vaterstadt uns, / Spähend, / Horchend, / Freundlichgesinnte dem freundlichen Bürger –
> CHORFÜHRER Der uns ja schließlich bezahlt.
> CHOR Trefflichgerüstete / Wandeln wir um euer Haus, / Wachsam und arglos zugleich. (S. 7)

Als Antipoden des Biedermann verkörpern Chor und Chorführer, deren Wachdienst am ersten Tag abends um *»neun Uhr«* (S. 8) beginnt, die »objektivierte Stimme der Vernunft«[32], die allerdings das finale Inferno weder abzuwenden noch zu bewältigen vermag (sie-

32 Schmitz (s. Anm. 3), S. 250.

Abb. 4: Szene aus einer Probe von *Biedermann und die Brandstifter* am Theater Baden-Baden für eine Inszenierung von 2018 – Foto: © Jochen Quast, www.jochenquast.de

he Kapitel 10, S. 114–117, Aufgabe 1). Stattdessen bleibt den logisch denkenden und misstrauisch hinterfragenden Choreuten lediglich die Rolle einer hilflosen moralischen Instanz überlassen, denn »die hilfsbereiten Warnungen des Chors verhallen ungehört«.[33] Und dementsprechend, so Frisch, sind die Interventionen der Feuerwehr »nicht parodistisch«, sondern »nur komisch«[34] gemeint.

Ohnmacht der Vernünftigen

33 Ebd., S. 245.
34 Schmitz (s. Anm. 2), S. 68.

> Der antike Chor, der die Stadt (und insofern den Zuschauer) vertritt und auf der Bühne wacht, beschwichtigt und warnt, ohne wirklich eingreifen zu können […], hat mich immer an die brave Feuerwehr erinnert, die auch nichts machen kann, bevor's brennt, und dann ist es ja – in der Tragödie und heute – zu spät.[35]

Tragikomödie des Absurden

Mit der zitierten resignativen Feststellung einer grundsätzlichen Macht- und Hilflosigkeit des Menschen im Angesicht sich unaufhörlich vollziehender Prozesse der triebhaften Vernichtung und der fahrlässigen Selbstzerstörung bestätigt sich die textprogrammatische Formel eines »Lehrstücks ohne Lehre«. Jenseits des verhängnisvollen Zusammenspiels von sadistischer Gewalt (Brandstifter) und widerstandsloser Anbiederung an die Täter (Biedermann) nämlich bietet auch der wort- und tatenreiche Einsatz der Feuerwehrleute (Chor) keinen Ausweg aus der unentrinnbaren Zuspitzung der dramatischen Ereignisse hin zur Katastrophe. Es fehlt jene namenlose Instanz der Liebe und Solidarität, die dem Fortgang der Handlung als stetige Wiederkehr von Momenten unmenschlichen Hasses und todbringender Gewalt wenigstens vorübergehend entgegenwirken könnte.

35 Schmitz (s. Anm. 2), S. 68.

6. Interpretationsansätze

Mythos Feuer

Im mythologischen Figurenrepertoire der griechischen Antike verkörpert Prometheus innerhalb des hierarchischen Beziehungsgefüges von Titanen, Göttern, Giganten und Menschen den dort einzigartigen Typus des göttlichen Menschenfreundes.

■ Prometheus

Folgt man der idealisierenden Darstellung dieser Gestalt in dem Schauspiel *Der gefesselte Prometheus*, das seit der Antike dem Tragödiendichter Aischylos (525–456 v. Chr.) zugesprochen wird (die Autorschaft ist bis heute nicht sicher geklärt), so zeichnet sich die Titelfigur, die der antiken Sage nach den ersten Menschen erschuf, nicht durch die negativen Eigenschaften eines Betrügers und Aufrührers aus, die ihm zuerst der griechische Dichter Hesiod (8./7. Jh. v. Chr.) in seinen Dichtungen *Theogonie* (»Entstehung der Götter«) und *Werke und Tage* noch zuweist. Vielmehr verhilft Prometheus, so die spätere dramatische Version seiner Geschichte, den Menschen wieder zum Feuer, nachdem Zeus, der mächtigste olympische Gott, es ihnen aus Zorn über eine betrügerische Opfergabe fortgenommen hat. Mit der Hilfe der Göttin Athene verschafft Prometheus sich Zugang zum himmlischen Herdfeuer der Götter und entwendet von dort die bislang den Göttern vorbehaltene Energie, die allein die Menschen von den Unwägbarkeiten ihres bedürftigen Lebens zu befreien vermag.

■ *Der gefesselte Prometheus*

■ Hesiod

Abb. 5: *Prometheus mit Feuer* (1637), Gemälde von Jan Cossiers (1600–1671). – akg-images

Das Feuer wärmt sie bei Kälte, es bringt Licht in die Dunkelheit der Nacht, es schützt vor wilden Raubtieren und macht rohe Lebensmittel durch Kochen, Braten und Räuchern haltbar und genießbar. Mit diesen Funktionen wird die Feuerstelle auch zum wichtigsten sozialen Sammelpunkt. Darüber hinaus dient das Feuer der Fertigung von Werkzeugen und (Jagd-) Waffen. Mit seinen natürlichen Vorteilen ermöglicht es den Menschen ihre zivilisatorische und kulturelle Fortentwicklung, die zugleich eine zunehmende Beherrschung der Natur mit sich bringt.

■ Positive Funktionen des Feuers

Im übertragenen Sinne symbolisiert das Feuer die Erkenntnis- und Lernfähigkeit des Menschen, die ihm das Überleben in der feindlichen Wildnis garantieren. Der Feuerdiebstahl des Prometheus versinnbildlicht die intelligente Selbstermächtigung des Menschen in der Auflehnung gegen die göttliche Allmacht und in der Selbstbehauptung gegen die Übermacht der Natur. Im Laufe ihrer Geschichte entwickeln die Menschen durch die Nutzung dieser Energie immer komplexere Techniken zur Aneignung und Kontrolle ihrer Umwelt, die schließlich in der sich rapide beschleunigenden naturwissenschaftlich-technologischen Fortschrittlichkeit etwa seit dem Zeitalter der Aufklärung münden.

■ Feuer als Medium des Fortschritts

Gleichwohl bleibt das Feuer in der Hand des Menschen zugleich auch eine äußerst gefährliche Waffe, die als Mittel der Massenvernichtung gerade auch in den zwei Weltkriegen des 20. Jahrhunderts und insbesondere im Abwurf von Atombomben über den japani-

■ Feuer als Vernichtungswaffe

schen Städten Hiroshima und Nagasaki im Jahre 1945 zum millionenfachen Tod von Menschen und zu verheerenden Zerstörungen führte. Dem intelligenten und verantwortungsvollen Gebrauch des Feuers zum Wohle des menschlichen Lebens steht daher die Tatsache seines fortwährenden Missbrauchs als Mittel der Vernichtung von Menschenleben und Dingen gegenüber.

■ Feuerwaffen und Nuklearwaffen

Für die beiden Feuerteufel Schmitz und Eisenring ist das Zündeln zum Selbstzweck ihres Lebens geworden. Technische Hilfsmittel wie »*Fässer aus Blech, wie sie zum Transport von Benzin üblich sind*« (S. 27), »*Schnur und Haspel*« (S. 42) sowie »Zündkapsel« und »Zündschnur« bzw. »Knallzündschnur« (S. 45) dienen ihnen zur Durchführung eines neuen Attentats. Ihr pyromanisches Handeln entspringt einer sadistischen Lust an der Tötung von Menschen und an der Vernichtung von Gegenständen, durch welche sie ihr egomanisches Bedürfnis nach Macht befriedigen. Ganz im Gegensatz zum prometheischen Motiv des selbstlos-solidarischen Einsatzes für den ›nackten‹, d. h. hilfe- und schutzbedürftigen Mitmenschen verlangt es die Brandstifter in Max Frischs Drama nach der Selbstaufwertung ihre narzisstisch gekränkten Ich durch die gewaltsame Entwertung dessen, was anderen als richtig und wichtig und daher als wertvoll gilt. Die apokalyptische Szenerie, deren infernalisches Gemisch aus »*Sturmglocken, Gebell von Hunden, Sirenen, Krach von stürzendem Gebälk, Hupen, Prasseln von Feuer, Schreie[n]*« (S. 68) in einer »*Serie von Detonationen*

■ Pyromanie: triebhaft gesteuerte Brandstiftung

■ Egomanie: krankhafte Ichbezogenheit

■ Narzissmus: krankhaftes Dominanzstreben

■ Apokalypse: Untergang, Unheil, Grauen

fürchterlicher Art« (S. 69) gipfelt, ist für sie Höhepunkt eines ekstatischen Rauschzustandes der Selbsterfüllung, auf welche eine innere Leere folgen wird, die – wie aufgrund der schon zuvor begangenen Brandstiftungen anzunehmen ist – durch weitere Taten immer wieder neu beseitigt werden muss. Das süchtige Verlangen nach Grausamkeit weist damit nihilistische Züge auf, die in den Schlussworten des Chores ausdrücklich hervorgehoben werden:

> CHOR Sinnlos ist viel, und nichts / Sinnloser als diese Geschichte: / Die nämlich, einmal entfacht, / Tötete viele, ach, aber nicht alle / Und änderte gar nichts. (S. 68)

■ Völlige Verneinung des Lebenssinns

Zentraler Ausdruck der prinzipiellen Leere, von der das Stück handelt, ist die Verselbstständigung des Theatralischen. Das Schauspiel handelt im Kern von der Pervertierung menschlicher Kommunikation durch Illusionsbildungen, die als strategische Formen des Machtgewinns und des Machterhalts dienen.

■ Theatralik als Handlungsmotor

Eine effektive Form der Täuschung von Mitmenschen besteht in der vorsätzlichen subjektiven Deformierung von objektiven Informationen durch deren Umdeutung. Mit einer inhaltlich simplen, rhetorisch aber wirkungsvollen Selbstinszenierung gelingt es beispielsweise dem Schwerverbrecher Josef Schmitz, durch heuchlerische Phrasen konventioneller Höflichkeit den anfänglichen Widerstand Biedermanns gegen seinen Eintritt in dessen Haus aufzuweichen.

■ Rollenspiele

Mit der namentlichen Selbstidentifikation »Mein Name ist Schmitz. […] Schmitz Josef« (S. 10) verbindet er einen Gruß (»Guten Abend!«, S. 10), dessen Ernsthaftigkeit angesichts der absehbaren niedrigen Beweggründe für sein Kommen sofort bestritten werden müsste, gleichwohl aber wegen seiner formelhaften Wahrung einer Form der freundlich-persönlichen Ansprache auf Anhieb keine Widerrede zulässt.

Annäherung durch Lügen

Im Dreischritt sich steigernder Intimität, der vom Familiennamen Schmitz über den Vornamen Josef bis zur freundlichen Begrüßung reicht, unterläuft der fremde Gast das dumpfe Ressentiment des ›schweigenden‹ Hausherrn (S. 10), bevor er mit der Versicherung »Herr Biedermann brauchen keine Angst haben: Ich bin kein Hausierer!« (S. 10) zwar beruhigend und entwaffnend wirken will, aber auch durch Negation seine tatsächliche Identität verrät, gibt er hier doch sein Wissen um die in Zeitungsmeldungen kursierenden Nachrichten von brandstiftenden »Hausierer[n]« (S. 9) zu erkennen. In einem weiteren Dreischritt – durch die verharmlosende, in Wirklichkeit aber zynisch wahre Aussage »ich suche keine Arbeit« (S. 10), durch den um Mitleid buhlenden Verweis auf das schlechte Wetter (»Bin nur gekommen, weil's draußen so regnet«, S. 11) und durch die unterwürfige Höflichkeitsfloskel »Hoffentlich stör ich nicht« (S. 11) – gelingt es ihm schließlich, mit dem unschuldig und banalisierend wirkenden Hinweis darauf, dass »[a]lle Leute« (S. 11) wegen seiner beeindruckenden Körpergröße Angst vor ihm hätten, bei Biedermann eine ers-

Sprechen als reine Rhetorik

te Vertrauens- und Gesprächsbasis herzustellen, der Biedermann nur allzu gerne Vertrauen schenkt, um sich nicht der mehr als geahnten Wirklichkeit einer Bedrohung stellen zu müssen.

Possenspiel

Bewusst kindlich und geradezu kindisch gibt sich Schmitz, als er von Biedermann mit dem Vorwurf konfrontiert wird, ohne dessen Kenntnis einen zweiten Eindringling ins Haus eingeschleust zu haben, wofür er von seinem Komplizen Willi Eisenring in einem falschen Spiel der pädagogischen Zurechtweisung (»Antworte, wenn der Herr dich fragt!«, S. 30) gemaßregelt wird. Wie ein kleiner, sich zu Unrecht beschuldigt fühlender Junge reagiert Schmitz darauf im treuherzigen Ton eines einfältigen Menschen:

> SCHMITZ Der Willi ist doch mein Freund […]. Wir sind doch zusammen in die Schule gegangen, Herr Biedermann, schon als Kinder […]. Da hab ich gedacht […]. Da hab ich gedacht …
> EISENRING Nichts hast du gedacht! (S. 30)

Clownerie

Trotz dieser Farce eines Rollenspiels, in dem zwei Verbrecher in unüberhörbarer Ironie den völlig übertriebenen Eindruck einer Wechselrede zwischen Erzieher und Zögling machen, beharrt Biedermann auf dem Ernst seiner Lage, indem er Eisenrings clownesk gespieltes herablassendes Lachen angesichts der scheinbaren Dummköpfigkeit von Schmitz wie eine infantile Albernheit behandelt, der er mit aufrichtiger Empörung begegnet:

> Es ist nicht zum Lachen, meine Herren. Es ist mir bitterernst, meine Herren. Meine Frau ist herzkrank – […] Meine Frau hat die halbe Nacht nicht geschlafen. Wegen dieser Polterei. (S. 30 f.)

Vom codierten Subtext zum Klartext

Die massive Lärmbelästigung, der Biedermann seine Frau und sich selbst ausgesetzt sieht, ohne den wahren Grund für die »Polterei« zu hinterfragen, ist unüberhörbares Vorzeichen einer tödlichen Gefahr. Auf dem von ihnen abgeriegelten Dachboden können die Verbrecher den Brandanschlag ungestört vorbereiten und dabei auch ganz nüchtern und unverstellt Planungsschritte und mögliche Probleme miteinander besprechen:

> DER ANDERE Leise! Leise!
> SCHMITZ Und wenn er auf die Idee kommt und die Polizei ruft?
> DER ANDERE Vorwärts!
> SCHMITZ Was dann?
> DER ANDERE Langsam! Langsam … Halt.
> *Sie haben das Faß zu den andern gerollt, die schon im Dämmerdunkel stehen; der Andere nimmt Putzfäden, um sich die Finger zu wischen.*
> DER ANDERE Wieso soll er die Polizei rufen?
> SCHMITZ Wieso nicht?
> DER ANDERE Weil er selbst strafbar ist. […] Jeder Bürger ist strafbar, genaugenommen, von einem gewissen Einkommen an. Mach dir keine Sorge! … (S. 28)

In dem wachsenden Maße, in dem sie sich des Erfolgs ihrer kriminellen Aktivitäten gewiss sind, geben Schmitz und Eisenring im Bewusstsein ihrer unwidersprochenen Machtposition zunehmend die Taktik der Verstellung auf und sprechen in Gegenwart der Bewohner des von ihnen besetzten Hauses offen und unumwunden über ihre Gedanken und Absichten. Auf dem Höhepunkt ihrer Selbstoffenbarung (»Wir scherzen ja nicht, Herr Biedermann. […] Wir sind Brandstifter«, S. 65) und der Darlegung ihrer perfiden Strategie (»Ihr Haus, Herr Biedermann, liegt sehr günstig […]: fünf solche Brandherde rings um die Gasometer […] und dazu ein richtiger Föhn –«, S. 65) erscheinen sie geradezu fassungslos angesichts der Ungläubigkeit, mit der Biedermann die schreckliche Wirklichkeit immer noch für einen schlechten Scherz zu halten scheint (»Meine Herren, jetzt ganz im Ernst –«, S. 65) und die Tatsachen mit dem Satz »Das ist nicht wahr« (S. 65) schlichtweg in den Bereich der Phantasie zurückverweist.

■ Strippenzieher

Indem Biedermann auf dem Spielcharakter der Ereignisse beharrt, macht er sich zur Marionette. Er lässt sich auf den Verlust seiner Autonomie ein, weil ihm die Maskierung seiner eigenen Person längst zur zweiten Natur geworden ist. Bereits sein Ausruf »Aufhängen sollte man sie« (S. 8), mit dem er sich in Szene 1 einführt, ist Ausdruck des Bedürfnisses nach Selbstbestätigung durch verbale Kraftmeierei, die durch die anschließende rhetorische Frage »Hab ich's nicht immer gesagt?« (S. 8) die vermeintliche Potenz des Ichs noch einmal zusätzlich zur Schau trägt.

Wirklichkeit als Projektionsfläche des Ichs

Dass die beanspruchte Macht ein Wunschgebilde seiner Phantasie und bloße Phrase ist, enthüllt sich wenig später in der Formulierung einer weiteren Devise (»es kommt mir keiner ins Haus«, S. 9) und in deren Bekräftigung durch den Hinweis auf die eigene Prinzipientreue (»Das habe ich Ihnen schon hundertmal gesagt!«, S. 9). Denn weder die demonstrative Attitüde eines Staatsanwalts, der die Todesstrafe fordert, noch diejenige eines prinzipientreuen Ordnungshüters, der Hausierer »eigenhändig vor die Tür« (S. 9) wirft, erweisen sich als glaubwürdig. Wie spätere Drohungen bleiben auch diese für die kriminellen Eindringlinge nicht nur ohne Folgen, sondern sie werden dadurch, dass Biedermann die Gangster beherbergt und ihre Vorbereitungen zur Brandstiftung duldet und sogar aktiv unterstützt, vollkommen in ihr Gegenteil verkehrt und dadurch diskreditiert.

Showeffekte

Auch die spätere Pose des Pathos, mit welcher Biedermann in einem Akt entfesselter Wut Josef Schmitz verbal (»Sie verlassen mein Haus. – […] Ich sage: Sie verlassen mein Haus!«, S. 28) und gestisch (*»Er zeigt mit gestrecktem Arm zur Tür«*, S. 29) ultimativ zum Weggehen auffordert, erweist sich sehr rasch als zwar sprachlich wortreicher, aber inhaltlich unglaubwürdiger Einschüchterungsversuch, der schon deshalb scheitert, weil Biedermann von Anfang an nicht ernsthaft und konsequent auf der unmittelbaren Befolgung seiner Befehle besteht.

Seinen possenhaften Höhepunkt erreicht die

übertriebene Theatralik in der vorletzten Szene, als Biedermann mit dem taschenspielerartigen Verstecken aller Insignien neureichen Überflusses am Abendtisch den Anschein materieller Kargheit erwecken will, so dass auf der Bühne eine zweite Bühne der Illusionsbildung entsteht. Die Verdoppelung der Inszenierung im Rollenspiel vollzieht sich an anderer Stelle gerade auch dann, wenn Biedermann nicht nur die Menschen in seinem familiären, beruflichen und sozialen Umfeld, sondern vor allem auch nahezu ununterbrochen sich selbst belügt. Er gehorcht damit dem narzisstischen Bedürfnis, über die äußere Anerkennung etwa seiner menschenfreundlichen Einstellung (»Sie müssen jetzt nicht denken, Herr Schmitz, daß ich ein Unmensch sei –«, S. 17) und seines Humors (»Nämlich die beiden Herren halten mich immer noch für einen ängstlichen Spießer, der keinen Humor hat, weißt du [d. i. Babette]«, S. 55.) auch vor sich selbst als charakterstarker Mann bestehen zu können. Zu diesem Zweck muss er die Tatsache seiner tatsächlichen Dürftigkeit und Bedürftigkeit durch Fiktionen seiner Stärke und Souveränität verdrängen, indem er sich selbst belügt. So schlüpft er beispielsweise in die Rolle des vorurteilslosen und optimistischen Menschenfreundes (»Man soll nicht immer das Schlimmste denken. Wo führt das hin!«, S. 38), um sich nicht den möglichen Risiken einer direkten Konfrontation mit den Brandstiftern auszusetzen. Ebenso gibt er sich in der Rolle des großzügigen und gastfreundlichen Hausherrn der Illusion

■ Spiel im Spiel

■ Selbsttäuschung

■ Zweckoptimismus

hin, den unwiderruflich geplanten Brandanschlag seiner ungewollten Gäste durch freundliches und sogar freundschaftliches Verhalten doch noch von sich fernhalten zu können. Nur in der Rolle des realitätsfremden Narren ist es ihm dann während des Brandanschlags noch möglich, die schreckliche Wirklichkeit durch Formeln der Autosuggestion auszublenden:

Der Bürger als Idiot

ANNA Dahinten – der Himmel [...] der Himmel brennt ...
Es ist schon sehr rot, als Schmitz und Eisenring sich verneigen und gehen. Biedermann steht bleich und starr.
BIEDERMANN Zum Glück ist's nicht bei uns ... Zum Glück ist's nicht bei uns ... Zum Glück – (S. 67)

Einen weiteren und wesentlichen Anteil an der ausgeprägten Theatralik des Stückes hat der Chor, der »mit seiner stark hellenisierten Art des Ausdrucks einen Brechtschen Verfremdungseffekt hervor[ruft]«.[36] In der gemeinsamen Wiedergabe und Kommentierung der dramatischen Handlung durch eine Gruppe von Feuerwehrleuten, die dem Chor im antiken griechischen Theater nachempfunden sind, wird die Bin-

Antik-griechische Kunstsprache

36 John T. Brewer, »Max Frischs *Biedermann und die Brandstifter* als Dokument der Enttäuschung eines Autors (1971)«, in: *Über Max Frisch II*, hrsg. von Walter Schmitz, Frankfurt a. M. 1976, S. 281–293, hier S. 283.

nenhandlung nicht nur sprachlich, sondern auch inhaltlich durch eine Art Rahmenhandlung durchbrochen, in der eine feste Gruppe von Menschen das Geschehen von außen beobachtet, erzählt und deutend erläutert, es mitunter aber auch im direkten Umgang mit den Akteuren begleitet.

Intertextuelle Bezüge

Neben der abgewandelten Verwendung eines Standardelements des antiken Theaters verweist zugleich die gattungstypologische Definition als »Lehrstück« im Untertitel unmittelbar auf das sogenannte epische Theater des Dramatikers Bertolt Brecht (1898–1956), der mit seinen Lehrstücken (*Das Badener Lehrstück vom Einverständnis, Der Jasager, Die Maßnahme* usw.) Missstände offenlegen und gesellschaftliche Veränderungen bewirken wollte. Frisch hebt jedoch mit seinem Zusatz »ohne Lehre« den didaktischen Anspruch in der in Kapitel 4 bereits beschriebenen und erklärten Weise wieder auf.

Brechts Lehrstück

Jenseits der genannten Querverweise auf Dramenformen der Antike und der Moderne gibt es in Frischs Stück weitere literarische Rückbezüge: In einer unerwarteten Wendung des Gesprächs mit den Eheleuten Biedermann in Szene 6, in welchem Willi Eisenring angibt, dass Josef Schmitz nicht nur beim Zirkus, sondern auch »eine Woche beim Theater« gearbeitet habe, bevor »es niedergebrannt« (S. 61) sei, kommt es zu einer spontanen Performance, bei der eine Schlüs-

Performance: Aktionskunst, Live-Event

selszene aus dem Theaterstück *Jedermann* des österreichischen Schriftstellers, Dramatikers und Dichters Hugo von Hofmannsthal (1874–1929) in eigenwilliger Weise umgedeutet wird. *Jedermann* war nach seiner Erstaufführung am 1. Dezember 1911 seit 1920 durch seine alljährliche Wiederaufführung bei den Salzburger Festspielen international zu großer Popularität gelangt. Dass Babette das Stück von Hofmannsthal bereits mit ihrem Mann dort gesehen hat, bekundet daher auch einen gewissen kulturellen Horizont des Ehepaares. Gottlieb Biedermann bestätigt dieses grobe bildungsbürgerliche Wissen durch mehr oder weniger bruchstückhafte Verweise auf weitere Werke, die er allerdings nur sehr vage kennt:

■ Hofmannsthals *Jedermann*

■ Bildungsbürgerliches Halbwissen

> Du [d. i. Babette, Anm. d. Verf.] mußt fragen: Wer bist du? er kann auch der Geist von Hamlet sein. Oder der Steinerne Gast, weißt du. Oder dieser Dingsda, wie heißt er schon: der Mitarbeiter von Macbeth …« (S. 62)

Bezieht er sich mit dem »Geist von Hamlet« und mit der Erwähnung von »Macbeth« auf zwei Tragödien von William Shakespeare, in denen gespenstische Geistbegegnungen Ausdruck entweder einer innerseelischen Zerrüttung (*Macbeth*) oder eines Gewissenkonflikts (*Hamlet*) sind, so meint Biedermann mit dem »Steinernen Gast« die Personifikation des rächenden Todes in Molières Komödie *Don Juan*, die von der maßlosen

■ Der »Steinerne Gast«

Genusssucht und Amoral eines Adligen handelt, der schließlich von der geisterhaften, als Grabdenkmal fungierenden Statue eines von ihm im Duell Getöteten in den feurigen Abgrund der Hölle hinabgerissen wird.

Versagen des Bildungsbürgertums

Weder Gottlieb Biedermann noch seine Frau haben als Bildungsbürger aus der Begegnung mit all diesen Stücken im Theater eine Erfahrung gewonnen, die sie in ihrem Leben und nun insbesondere gegen die Kor-

Abb. 6: Peter Lohmeyer als Tod und Cornelius Obonya als Jedermann in der Inszenierung von Hofmannsthals *Jedermann* 2014 in Salzburg (Regie: Julian Crouch und Brian Mertes). –

ruption durch zwei Terroristen immunisiert hätte. Ihre Teilhabe am kulturellen Leben hat sie charakterlich nicht gefestigt; dies zeigt sich ganz besonders im Umgang mit dem Schauspiel *Jedermann*.

Hugo von Hofmannsthals *Jedermann* (1911)

Hugo von Hofmannsthals Drama handelt, wie es im Untertitel bereits heißt, vom »Sterben des reichen Mannes« Jedermann, der als vermögender Immobilien- und Grundstückseigentümer nach einem von heilloser Vergnügungs- und Verschwendungssucht bestimmten Leben ganz unerwartet mit dem baldigen Ende seines noch relativ jungen Lebens konfrontiert wird. Der plötzliche Augenblick, in dem er nach vorausgegangenen Todesahnungen und -ängsten vom Tod persönlich angesprochen wird, ereignet sich inmitten eines Festessens mit zahlreichen Gästen:

> *Der Tod steht da in einiger Entfernung. Alle Gäste [springen] auf.)*
> TOD. Ei Jedermann! Ist so fröhlich dein Mut?
> Hast deinen Schöpfer ganz vergessen?
> JEDERMANN. Was fragst um das zu dieser Stund?
> Bekümmerts dich? wer bist? was solls?
> TOD. Von deines Schöpfers Majestät
> Bin ich nach dir ausgesandt
> Und das in Eil: Drum steh ich da.
> JEDERMANN. Wie, ausgesandt nach mir?
> (*Greift nach seinem Herzen.)*
> Dem möchte wohl so sein. Ei ja.[37]

37 Hugo von Hofmannsthal, *Jedermann. Das Spiel vom Sterben des reichen Mannes*, hrsg. von Andreas Thomasberger, Stuttgart 2000 (Reclams Universal-Bibliothek Nr. 18037), S. 39.

In Anspielung auf diese Szene bei Hofmannsthal, in der ein Mensch dem personifizierten Tod begegnet, ruft Schmitz – seinerseits nun zum Zeichen seiner Geisterhaftigkeit *»mit dem weißen Tischtuch«*, das ihm Eisenring *»über den Kopf«* geworfen hat, gespenstisch *»verhüllt«* – erst zweimal nach »JEDERMANN!« und sodann mehrfach nach »BIEDERMANN!« (S. 61), bevor er sich nach den schauerdramatisch zugespitzten Fragen »HÖRT IHR MICH NICHT?« und »WER RUFT MICH?« (S. 62) als Geist des toten Knechtling zu erkennen gibt und damit bei den Anwesenden für Entsetzen sorgt.

Der reiche Mann und der Tod

Der von Schmitz wie in einer Theateraufführung vorgetragene Text stimmt mit dem oben teilweise wiedergegebenen Textoriginal der analogen Szene aus *Jedermann*, der dort mitten im Leben mit seinem unmittelbar bevorstehenden Tod konfrontiert wird, in keiner Weise überein, sondern enthält lediglich miniaturisierte Versatzstücke aus anderen Teilen der Textvorlage. So wird dort der Titelheld nicht vom Tod mit seinem Nachnamen angeredet, sondern von den durch eine gebrechliche kranke Frau personifizierten »Werken«[38], welche die guten Taten im Leben des Jedermann verkörpern:

Versatzstücke aus dem *Jedermann*

WERKE. Jedermann!
(Jedermann hört nicht.)
Jedermann, hörst mich nicht?

38 Ebd., S. 57.

> JEDERMANN *(vor sich).* Ist, als wenn eins gerufen hätt,
> Die Stimme war schwach und doch recht klar […]
> WERKE. Jedermann! […] Hörst mich nit, Jedermann?[39]

Ebenso richtet sich die Frage »wer bist du?«(S. 61), die zu stellen Biedermann von Eisenring genötigt wird, damit Schmitz mit der Rezitation angeblich überhaupt erst fortfahren kann, in Hofmannsthals Stück nicht an den Tod, sondern an die Figur, die allegorisch für vergänglichen Reichtum und Luxus steht:

■ Allegorie

> JEDERMANN. Wer bist denn du?
> MAMMON. Kennst vom Gesicht mich nit
> Und willst mich dorthin [in das Totenreich] zerren mit?
> Dein Reichtum bin ich halt, dein Geld,
> Dein eins und alles auf der Welt.[40]

Dass insbesondere Babette angesichts dieses lächerlichen Mummenschanzes und grotesken Schabernacks *»[auf]springt und schreit«* und *»ihre Hände vors Gesicht«* (S. 62) hält, ist gewiss auch Ausdruck der Schuldgefühle, die sie für den brutalen Umgang ihres Mannes mit dem Angestellten Knechtling und für ihre eigene verantwortungslose Zurückhaltung und Tatenlosigkeit empfindet. Die in der Weise des Improvisations-

■ Schabernack: grotesker Streich

39 Hofmannsthal (s. Anm. 37) S. 58.
40 Ebd., S. 55.

theaters gespielte Szene aktualisiert nämlich die Erbarmungslosigkeit, mit der auch die Titelfigur in Hofmannsthals *Jedermann* mit Menschen umgeht, die arm sind oder ihm Geld schulden.

Bei dem theatralisch inszenierten Intermezzo, in dem Gottlieb und Babette Biedermann sowie das Dienstmädchen Anna als unfreiwillig willige Akteure zum Mitspielen aufgefordert und als leicht beeinflussbares Publikum lächerlich gemacht werden, handelt es sich gleichwohl nicht so sehr um eine Illustration der irdischen Vergehen des Biedermann, sondern – als Spiel im Spiel – um eine Parodie der literarischen Vorlage in der Art einer Stegreifkomödie mit billigen Horroreffekten, durch welche die drei Zuschauer bzw. Mitspieler noch gefügiger gemacht werden.

■ Stegreifspiel

Denn anders als Hofmannsthals in der Tradition des spätmittelalterlichen Mysterienspiels stehendes Drama *Jedermann*, das im Übrigen mit Max Mells *Apostelspiel* (siehe Kapitel 5, S. 64 f.) nicht nur den Knittelvers, sondern auch in der Jenseitsgewissheit die christlich-religiöse Erlösung des Menschen von irdischer Schuld und Strafe gemein hat, mündet Frischs *Biedermann und die Brandstifter* in der Katastrophe.

■ Knittelvers

Während er den geplanten Brandanschlag auf dem Dachboden des Hauses von Gottlieb Biedermann vorbereitet, indem er *»Schnur von einem Haspel wickelt«* (S. 41), pfeift und singt Eisenring das sentimentale Liebeslied *Lili Marleen*, das von der Sehnsucht eines Frontsoldaten nach einem Wiedersehen mit seiner Geliebten in der Heimat handelt.

■ Sehnsuchts- und Liebeslied *Lili Marleen*

Nach der Entstehung einer ersten Textversion in der Zeit des Ersten Weltkriegs war das Gedicht im Jahre 1937 vertont und 1939 von der Sängerin und Schauspielerin Liese-Lotte Wilke, die unter dem Künstlernamen Lale Andersen weltberühmt wurde, erstmals auf Schallplatte aufgenommen worden. Auf Protest deutscher Besatzungssoldaten der nationalsozialistischen deutschen Wehrmacht im damaligen Jugoslawien hin ließ der deutsche Reichssender Belgrad, der *Lili Marleen* im Jahre 1941 zum ersten Mal ausgestrahlt, dann aber wieder abgesetzt hatte, das Lied allabendlich europaweit im Radio hören, so dass es nicht nur für deutsche, sondern auch etwa für britische Soldaten zu einer überaus populären Kriegshymne voll melancholischer Trauer über die Abwesenheit familiären und heimatlichen Glücks wurde.

■ Lieblingslied der Soldaten

■ Erste und letzte Strophe des Liedes *Lili Marleen*

Vor der Kaserne, vor dem großen Tor
Stand eine Laterne, und steht sie noch davor,
So woll'n wir uns da wiedersehn,
Bei der Laterne woll'n wir stehn
Wie einst, Lili Marleen!
[...]
Aus dem stillen Raume, aus der Erde Grund
Hebt mich wie im Traume dein verliebter Mund.
Wenn sich die späten Nebel drehn,
Werd' ich bei der Laterne stehn,
Wie einst, Lili Marleen!

Für Willi Eisenring mag der marschartige Rhythmus der Melodie wie eine passende Begleitmusik zu dem systematischen Vorgehen bei seinem verbrecherischen Tun erscheinen; zugleich jedoch wirkt der Inhalt des Liedes aus seinem Mund wie eine zynische Replik auf den eigentlichen Ton des Liedtextes, der während des Zweiten Weltkrieges wegen seines unmilitärisch-romantischen Inhaltes die Kampfhandlungen etwa in Nordafrika – so der Vorwurf der Kriegsmächte – kurzzeitig behindert hatte und daher sowohl von den deutschen als auch von den britischen Militärbehörden verboten worden war.

In einer pervertierten Deutung wäre das Lied demnach nicht als amouröse Verabredung mit einer Frau im Lichtschein einer Straßenlaterne, sondern als zynische Anspielung auf einen bevorstehenden Brandanschlag mit all seinen verheerenden Folgen zu verstehen.

■ Begleitmusik zum Attentat

Wie *Lili Marleen*, so ist auch das Kinderlied *Fuchs, du hast die Gans gestohlen*, dessen Text zur Melodie eines älteren Volksliedes erstmals im Jahr 1824 veröffentlicht wurde, bis heute sehr populär:

Fuchs, du hast die Gans gestohlen,
gib sie wieder her!
Sonst wird dich der Jäger holen,
mit dem Schießgewehr.

Seine große, lange Flinte
schießt auf dich den Schrot,

dass dich färbt die rote Tinte
Und dann bist du tot.

Liebes Füchslein, lass dir raten,
sei doch nur kein Dieb.
Nimm, du brauchst nicht Gänsebraten,
mit der Maus vorlieb.

Josef Schmitz stimmt dieses Lied beim abendlichen Gansessen zu einem Augenblick an (S. 63), als kurz zuvor Knechtlings Selbsttötung erwähnt worden ist. Die Aussage des ersten Verses (»Fuchs, du hast die Gans gestohlen«) ist in diesem Kontext als eindeutige Anspielung auf Biedermanns Diebstahl am geistigen Eigentum seines treuen Angestellten zu verstehen. Biedermann stimmt in den Gesang ein, ohne den ironischen Ton zu erfassen, in dem die beiden Brandstifter seine Verantwortung für den Tod Knechtlings vordergründig verneinen, in Wahrheit aber bestätigen.

7. Autor und Zeit

Biografische Übersicht

1911	15. Mai: *Max Rudolf Frisch* wird in der Schweizer Großstadt Zürich als zweiter Sohn des Architekten Franz Bruno Frisch und dessen Frau Karolina Bettina geboren.	■ Brechts Lehrstück
1924–30	Schüler am Realgymnasium in Zürch	
1931–33	Germanistik-Studium an der Universität Zürich	
1932	Tod des Vaters und Abbruch des Studiums	
1935	Reise in das von den Nationalsozialisten beherrschte Deutschland	
1936–41	Architektur-Studium an der Eidgenössischen Technischen Hochschule (ETH) in Zürich	
1941	Beginn einer beruflichen Tätigkeit als Architekt	
1942	Ehe mit der Architektin Gertrud Anna Constance von Meyenburg; drei Kinder. Die Ehe wurde 1959 geschieden.	
1946–51	Uraufführung der Dramen *Nun singen sie wieder* (1945), *Santa Cruz* (1946), *Die Chinesische Mauer* (1946), *Graf Öderland* (1951)	
1946–49	**In dem *Tagebuch* dieser Jahre erscheint neben zahlreichen weiteren vorbereitenden Einträgen unter dem Titel *Burleske* (1948) eine Prosaskizze, deren Plot als ›Keimzelle‹ des Dramas *Biedermann***	

***und die Brandstifter* angesehen werden kann.**

1952 **Niederschrift des Hörspiels *Herr Biedermann und die Brandstifter***

1953 **26. März. Erstausstrahlung des Hörspiels im Bayerischen Rundfunk**

1954 Veröffentlichung des Romans *Stiller.* Mit diesem Werk erzielte Frisch seinen künstlerischen Durchbruch, der es ihm von nun ab finanziell ermöglichte, beruflich als freier Schriftsteller zu leben. Mit dem berühmt gewordenen Anfangssatz »Ich bin nicht Stiller!« kündigt sich in dem Roman schlagartig die Problematik eines Menschen an, der nicht derjenige sein möchte, der er ist. Die damit verbundenen existentiellen Motive von Entfremdung und Ich-Verlust kennzeichnen das leitmotivische Thema der Identitätsfrage, das im Zentrum von Frischs Gesamtwerk steht, so auch in *Biedermann und die Brandstifter*, wo die Titelfigur ihr bürgerliches Leben um den Preis des moralischen Verrats und des Selbstverrats vergeblich zu retten versucht.

1957 Roman *Homo Faber. Ein Bericht.* Selbstzeugnis des existentiellen Versagens eines Ingenieurs, der im fortgeschrittenen Alter ein Verhältnis mit einer jungen Frau hat, von der sich herausstellt, dass sie seine Tochter aus einer gescheiterten Beziehung

Abb. 7: Max Frisch, 1955. – © Wikimedia Commons / Foto: Hans Gerber, CC BY-SA 4.0

Abb. 8: Max Frisch bei den Probearbeiten für Uraufführung am Zürcher Schauspielhaus mit dem Intendanten und Regisseur Oskar Wälterlin, 1958. –

ist. Unter dem Eindruck der Wiederbegegnung mit seiner ehemaligen Ehefrau und des Unfalltodes seiner Tochter erfasst der Techniker, der sein Leben im Griff zu haben glaubte und nun selbst von seinem eigenen baldigen Krebstod gezeichnet ist, wie stark er durch persönliche Verdrän-

	gung, Verantwortungslosigkeit und Versäumnisse an sich selbst und an anderen schuldig geworden ist.
	Oktober bis November: Niederschrift des Stücks *Biedermann und die Brandstifter*
1958	**29. März: Uraufführung des Dramas *Biedermann und die Brandstifter. Ein Lehrstück ohne Lehre* im Schauspielhaus Zürich**
	22. Mai: Ausstrahlung der ersten Fernsehfassung des Schauspiels durch den Norddeutschen Rundfunk
	Buchausgabe des *Biedermann* mit einem *Nachspiel* im Herbstprogramm des Suhrkamp Verlags
	28. September: Erstaufführung des Stücks in der Bundesrepublik Deutschland an den Städtischen Bühnen in Frankfurt am Main
	8. November: Georg-Büchner-Preis der Deutschen Akademie für Sprache und Dichtung, Darmstadt
1960–65	Wohnsitz in Rom
1961	Uraufführung von *Andorra*, einem Drama, das insofern ein Gegenstück zu *Biedermann und die Brandstifter* bildet, als hier ein junger Mann, von dem zu Unrecht angenommen wird, dass er ein Jude sei, sich den massiven antisemitischen Vorurteilen der Bewohner seiner Heimatstadt ausge-

setzt sieht. Die Andorraner lassen am Ende ohne Widerstand zu, dass der Verfemte nach der Besatzung der Stadt durch eine feindliche Macht hingerichtet wird. Trotz ihres offenkundigen Fehlverhaltens gegenüber dem Mitbürger leugnen die Menschen am Ende ihre Schuld an dessen Ermordung.

1964 Roman *Mein Name sei Gantenbein*

1967 16. April: Erstausstrahlung der sogenannten Bremer Fernsehfassung von *Biedermann und die Brandstifter* durch Radio Bremen

1971 *Wilhelm Tell für die Schule*

1975 Erzählung *Montauk*

1976 19. September: Friedenspreis des Deutschen Buchhandels für Frischs »Beharrlichkeit beim Bekämpfen von Machtmissbrauch und ideologischer Demagogie«

1979 *Der Mensch erscheint im Holozän. Eine Erzählung*

1991 4. April: Tod in Zürich

8. Rezeption

Gemessen an den enormen Verkaufszahlen des Buches und an den überaus zahlreichen Inszenierungen des Dramas auf deutschen Bühnen bis in unsere Gegenwart hinein gehört Max Frischs *Biedermann und die Brandstifter* zu den Bestsellern der deutschsprachigen Literatur im In- und Ausland. Als eines der erfolgreichsten Bühnenwerke der Nachkriegszeit und als herausragendes Schauspiel der sogenannten klassischen Moderne mit überzeitlicher Thematik findet es auch immer wieder Eingang in den Literaturunterricht an Schulen.

■ Drama der Superlative

Das Stück thematisiert die grundlegende anthropologische, psychologische, soziologische und philosophische Frage nach den Möglichkeitsbedingungen des radikal Bösen in einer nach außen hin befriedet wirkenden, nach innen hin aber faktisch brüchigen und daher bedrohten Gesellschaft. Dabei legt es jederzeit Bezüge zu aktuellen Ereignissen nahe, die – wie etwa heute die Verrohung der Kommunikation in den sozialen Medien als Massenphänomen – rational nicht mehr hinreichend erklärbar sind. So weist beispielsweise eine Theaterkritik in der Wiener Zeitung vom 4. Februar 2019 zur Inszenierung des Stückes durch Viktor Bodó am Volkstheater Wien auf »neuere Lesarten« hin, die diese »Polit-Parabel« als »Warnung vor dem Erstarken rechtspopulistischer Kräfte« deuten oder – in offenkundiger Anspielung auf die »Untergangs-Farce *Unterwerfung*« des französischen

■ Anthropologie: Wissenschaft vom Menschen

■ Textvorlage als Spielfeld für politische Zeitbezüge

Romanschriftstellers Michel Houellebecq – als Szenario »einer islamistischen Machtübernahme«[41], die vom Bürgertum geduldet oder sogar unterstützt wird.

In einer Aufführung in Basel aus dem Jahre 2014 wird, wie die Rezensentin schreibt, »das Drama auf den Kopf« gestellt, indem die Brandstifter als Ausgeburt einer »Horrorphantasie« und eines »Alptraum[s]«[42] erscheinen, die Biedermanns Angst vor dem »›hässlichen Ausländer‹« spiegeln.

Die junge Regisseurin Milena Mönch bringt 2022 am Hessischen Landestheater Marburg eine polarisierende Inszenierung auf die Bühne. Sie greift dabei stärker in die Vorlage ein, indem sie etwa auf den Chor der Feuerwehrleute verzichtet. Dafür stehen Schauspieler, die gerade nicht im Einsatz sind, am Rand der Bühne und beobachten das Geschehen. Schmitz wird zum arbeitslosen Taxifahrer, die Rolle des Eisenring ist mit einer Frau besetzt. Gottlieb Biedermann ist hier kein patriarchalischer Vertreter des Bürgertums, sondern erinnert an einen nervösen Start-up-Unternehmer in Jeans und geblümtem Hemd, der den Angestellten Knechtling

41 »*Biedermann und die Brandstifter* im Volkstheater«, in: *Wiener Zeitung*, 4. Februar 2019, online: www.wiener zeitung.at/nachrichten/kultur/buehne/1016306_Bieder mann-und-die-Brandstifter-im-Volkstheater.html (Stand: 18. 3. 2022).

42 Valeria Heintges, »Trautes Heim, Alptraum rein!«, in: *nachtkritik.de*, 27. Februar 2014, online: www.nachtkritik.de/index.php?%20option=com_content&view=article&id=9191:biedermann-und-die-brandstifter-&catid=94:theater-basel&Itemid=100190 (Stand: 16. 9. 2022).

kaltschnäuzig entlässt. Am Ende steht ein großer Schlussmonolog des Dr. phil. (hier kein Geisteswissenschaftler, sondern ein Polizist namens Amin), der das Stück »zu einer Anklage gegen die Auswüchse des Kapitalismus« werden lässt.[43]

Eine ganz andere, nämlich journalistische Form des Umgangs mit dem Theaterstück von Max Frisch ereignete sich, nachdem Russland am 24. Februar 2022 einen Angriffs- und Vernichtungskrieg gegen die Ukraine begonnen hatte. Da der russische Präsident Putin schon in den Jahren zuvor seit 2000 zahlreiche weitere völkerrechtswidrige militärische Operationen etwa gegen Tschetschenien und Georgien sowie die Annexion der Krim befohlen hatte, ohne dass Europa und Deutschland diese Kriege und die mit ihnen einhergehenden furchtbaren Verheerungen mit schier endlosen Gewalttaten und Zerstörungen seitens der russischen Aggressoren ernsthaft geahndet hätten, wurde diese Zurückhaltung in der deutschen Presse in jüngster Zeit häufig mit dem Verhalten Biedermanns gleichgesetzt. So schrieb Oliver Jauernig in einem Kommentar unter der Überschrift »Überfall auf die Ukraine: Es ist auch unser Krieg« am 8. April 2022 in *Vorwärts*, der Parteizeitung der Sozialdemokratischen Partei Deutschlands, unter anderem: »Wir ha-

43 Uwe Badouin, »Polarisierende Inzenierung«, in: *Oberhessische Presse*, 30. Januar 2022, online: https://www.op- marburg.de/Marburg/Landestheater-zeigt-polarisierende- Inszenierung-von-Biedermann-und-die-Brandstifter (Stand: 16. 9. 2022).

ben Putin zu wenig in die Schranken gewiesen. Haben manche seiner Aussagen nicht wahrhaben wollen – oder schlicht nicht glauben. Dabei hat er mit seinen Drohungen nicht hinter dem Berg gehalten. Gleichzeitig trat er immer wieder kumpelhaft und in Luxus schwelgend auf. Wer hat nicht die Bilder vor Augen: Putin scherzend mit Merkel, Schröder und Co. Putin in Prunk, Glanz und Gloria alter Paläste. Es erinnert ein wenig an Max Frischs *Biedermann und die Brandstifter*. Dort heißt es: ›Scherz ist die drittbeste Tarnung. Die zweitbeste: Sentimentalität. Aber die beste und sicherste Tarnung ist immer noch die blanke und nackte Wahrheit. Die glaubt niemand.‹«[44]

Und Simon Kaminski meinte schon am 25. Februar 2022 in der Tageszeitung *Augsburger Allgemeine* ebenso selbstkritisch unter Bezug auf das Stück aus dem Jahre 1958, dass Präsident Wladimir Putin sich zunutze gemacht habe, dass »dem Westen in den letzten Jahrzehnten die pure Vorstellungskraft abhandengekommen ist, dass eine bis an die Zähne bewaffnete militärische Weltmacht ein souveränes Nachbarland mit Krieg überzieht, um schnöde strategische Ziele zu erreichen«. Der Überfall sei über Monate oder sogar Jahre militärisch und propagandistisch vorbereitet worden: »Man müsse die eigenen Verbündeten schließlich vor einem Völkermord durch das Naziregime in Kiew schützen – so die perverse Begründung aus Moskau. Eine Szenerie wie in dem Drama *Biedermann und die*

44 Online: https://www.vorwaerts.de/blog/ueberfall-ukraine-krieg (Stand: 16. 9. 2022).

Brandstifter [...]. Die Biedermänner sind wir.« In Europa und besonders Deutschland habe man nicht sehen wollen, »wie Putins Politik immer aggressiver wurde. Der Autokrat handelt nicht im Affekt, sondern nach einem langfristigen Plan, alte Machtpositionen zurückzuerlangen. Jetzt brennt die Ukraine.«[45]

Nicht erst anlässlich des Ukraine-Krieges, sondern schon lange wurde – im Zuge der wachsenden Bekanntheit von Frischs Drama – das Bild vom ›Biedermann und den Brandstiftern‹ als populäres Leitmotiv zur Verbildlichung eines Fehlverhaltens verwandt, bei dem Menschen einem Missstand oder einer Untat sprach- und tatenlos und somit verantwortungslos gegenüberstehen. In einem Porträt des Undercover-Journalisten Günter Wallraff, der – als türkischer Leiharbeiter verkleidet – unter anderem die Ausbeutung von sogenannten Gastarbeitern aus Südeuropa für die schmutzigsten Arbeiten im Niedrigstlohnsektor in der Bundesrepublik Deutschland der Jahre 1983 bis 1985 publik gemacht hatte, heißt es, dass hier bereits die späteren rassistischen Exzesse der gewalttätigen und auch tödlichen Angriffe von Rechtsextremisten auf ausländische Mitbürger in Rostock-Lichtenhagen, Mölln und Solingen »längst angelegt« gewesen seien, denn, so schreibt Holger Gertz in der *Süddeutschen Zeitung* vom 1./2./3. Oktober 2022: »Im Inneren des deutschen Biedermannes lauert der Brandstifter.«

45 Online: https://www.augsburger-allgemeine.de/politik/ukraine-putin-hat-kriminellen-angriffskrieg-gestartet-id61872816.html (Stand: 16. 9. 2022).

9. Wort- und Sacherläuterungen

3,2 **[Titelei] Biedermann:** in seiner ursprünglichen, aus dem mittelhochdeutschen Wort *biderbe* übernommenen Bedeutung bezeichnete das Attribut ›bieder‹ ursprünglich eine positive Eigenschaft im Sinne von Brauchbarkeit und später von Bravheit, Rechtschaffenheit und Tüchtigkeit. Dementsprechend meinte der Begriff des Biedermanns in literarischen Texten der Aufklärung und der Klassik einen Ehrenmann. Ab dem 19. Jahrhundert jedoch erfuhr das Wort eine negative Bedeutungsverengung, in deren Folge man unter einem Biedermann bis heute einen naiv-einfältigen und spießigen Menschen versteht.

7,16 **Trefflichgerüstete:** literarische Wortneuschöpfung (*Neologismus*) zur Bezeichnung von Personen, die auf ein Ereignis sehr gut vorbereitet sind. Sowohl das heute nur noch selten gebrauchte Adverb bzw. Adjektiv ›trefflich‹ mit der Bedeutung ›sehr gut‹, ›ausgezeichnet‹ als auch das hier nominal gebrauchte Partizip Perfekt ›gerüstet‹, also die sprachlich gehobene Bezeichnung eines Zustands der Bereitschaft zur Bewältigung einer schwierigen oder gar gefährlichen Aufgabe, wirken aus dem Mund der Feuerwehrleute so sehr stilisiert, dass zwischen der realen, d. h. tödlichen, Bedrohungslage und der faktischen Machtlosigkeit der harmlos wirkenden »Wächter der Vaterstadt« ein ebenso komisches und lächerliches Missverhältnis entsteht wie durch die Vielzahl weiterer antikisierender Selbstbezeichnungen (»Freundlichgesinnte dem freundlichen Bürger«, »Freundlichgesinnte der schlafenden Stadt« usw.).

9,1 **Hausierer:** ein Mann, der von Haus zu Haus geht, um an der Tür kleinere Warenartikel anzubieten und zu verkaufen.

9,29 ***Burgunderglas:*** ballonförmiges, kelchartiges Glas für fruchtig schmeckende Rotweine.

9,33 der/das **Traktat:** lat. *tractatus* ›Abhandlung, Erörterung‹; kurze schriftliche Darlegung von religiösen, philosophischen, kulturellen, politischen oder wissenschaftlichen Themen. Indem Biedermann Traktate in einem Atemzug mit Rasierklingen nennt, wertet er sie als bloße Gebrauchsgegenstände des Alltagslebens ohne höheren geistigen Wert ab. Damit entspricht Biedermann den Vorurteilen, mit denen Traktate im allgemeinen Verständnis des Lesepublikums als wenig fundierte und unseriöse Flug-, Streit- und Schmähschriften behaftet sind.

11,24 **Brot und Wein:** blasphemische, d. h. gotteslästerliche, Anspielung auf das sogenannte letzte Abendmahl, das Jesus nach unterschiedlichen Berichten mit zwölf ausgewählten Jüngern seiner Gefolgschaft kurz vor seiner Hinrichtung am Kreuz einnahm. Die älteste, aus der Zeit um 55/56 n. Chr. von dem Apostel Paulus stammende Textquelle berichtet davon mit folgenden Worten:

»Jesus, der Herr, nahm in der Nacht, in der er ausgeliefert wurde, Brot, sprach das Dankgebet, brach das Brot und sagte: Das ist mein Leib für euch. Tut dies zu meinem Gedächtnis! Ebenso nahm er nach dem Mahl den

Kelch und sprach: Dieser Kelch ist der Neue Bund in meinem Blut. Tut dies, sooft ihr daraus trinkt, zu meinem Gedächtnis! Denn sooft ihr von diesem Brot esst und aus dem Kelch trinkt, verkündet ihr den Tod des Herrn, bis er kommt.« (Neues Testament / Erster Brief des Paulus an die Korinther)
Seit diesem sogenannten eucharistischen Mahl (Eucharistie: Danksagung) feiert das Christentum etwa in der katholischen Messe die rituelle Erinnerung an die zentralen Worte des Gottessohnes, die in *Biedermann und die Brandstifter* eine teuflisch pervertierte Vorausdeutung auf einen verheerenden Brandanschlag sind.

12,28 **vom alten Schrot und Korn [sein]:** Redensart, die sich auf zwei Begriffe bezieht, mittels derer aus dem Gesamtgewicht einer Münze (Schrot) und aus ihrem Gehalt an Edelmetallen (Korn) der tatsächliche Wert ermittelt wurden. Im Sinne dieser buchstäblichen Bedeutung bezeichnet die Redewendung im metaphorischen Sinne einen Zustand der Unverfälschtheit und Echtheit.

13,15 **Plunder:** wertloses Gerümpel, unnützer Kram.

15,13 **Beaujolais:** französischer Rotwein aus dem Beaujolais, einer Weinlage im Burgund, nördlich von Lyon.

18,11 f. **wir sind keine Spießer:** Babette wehrt sich mit diesem Satz gegen den Eindruck einer angepasst-spießbürgerlichen Grundeinstellung, die unter anderem durch geistige Unbeweglichkeit und durch starren Moralismus sowie durch ein ausgeprägtes Bedürfnis nach Sicherheit und Ordnung gekennzeichnet ist.

20,16 **Über den traulichen Dächern:** über Dächern, die

den friedlich-harmonischen Eindruck von Gemütlichkeit und Geborgenheit erwecken.

36,7 **Hanebüchenes:** Abwegiges, Empörendes, Haarsträubendes.

40,10 f. **Defaitismus:** aus dem französischen Substantiv *défaite* (Niederlage) abgeleiteter Begriff, der eine resignative, mutlose Haltung und Verzweiflung angesichts einer unüberwindbar erscheinenden Herausforderung bezeichnet.

42,5 **Haspel:** Zylinder mit Kurbel zum Auf- und Abwickeln von Schnüren, Seilen, Drähten usw.

43,12 ***Lukarne*:** Dachgaube, Vorbau im geneigten Dach mit Dachfenster.

45,27 **Zeughäuser[ ]:** Waffen- und Vorratslager.

46,5 f. **mich können Sie nicht ins Bockshorn jagen:** Redensart mit ungeklärter Herkunft. Sie bedeutet so viel wie ›mich können Sie nicht einschüchtern, verunsichern, in die Enge treiben‹.

46,13 **Sodom und Gomorra:** zwei Städte in der Bibel; sie werden von Gott unter einem Regen aus Feuer und Schwefel begraben zur Strafe für ihre Sündhaftigkeit (Altes Testament / Genesis 18 f.).

48,26 **Leider herrscht Föhn:** Der Chorführer meint damit, dass der Föhnwind, ein warmer trockener Fallwind im Alpenraum, bei Feuer wie ein Brandbeschleuniger wirkt.

50,22 **Kandelaber:** mehrarmiger Leuchter, Kerzenständer.

50,28 ***Messerbänklein*:** Ablagen für Essbesteck, die verhindern sollen, dass benutzte und daher unsaubere Messer, Gabeln und Löffel das Tischtuch beschmutzen.

51,16 **Damast:** spezielles, hochwertiges und edles Stoffgewebe.

52,15 f. **Ein hölzerner Tisch, […] wie beim Abendmahl:** Siehe Anmerkung zu 11,24.

55,10 **Laß dich nicht foppen:** Lass dich nicht hereinlegen, in die Irre führen, veralbern.

55,32 **Pommard:** Name eines erlesenen Rotweines aus dem Weinbaugebiet Pommard im ostfranzösischen Burgund.

57,31 **ein Trauma:** schwere seelische Belastung im Anschluss an die Erfahrung eines schrecklichen Erlebnisses.

58,26 f. **Cave de l'Echannon:** Name eines wertvollen französischen Rotweines.

61,24 **Jedermann:** Drama von Hugo von Hofmannsthal (1874–1929) mit dem Untertitel *Das Spiel vom Sterben des reichen Mannes.* Das Stück steht in der Tradition mittelalterlicher Mysterienspiele. Seit 1920 wird es jährlich bei den von Max Reinhardt und Hofmannsthal begründeten Salzburger Festspielen auf dem Platz vor dem Salzburger Dom aufgeführt.

62,10 **Geist von Hamlet:** In William Shakespeares (1564–1616) Drama *Hamlet* erscheint dem Prinzen Hamlet der Geist seines Vaters, des verstorbenen Königs von Dänemark. Vom ihm erfährt er, dass der Vater von dessen eigenem Bruder Claudius ermordet wurde. Hamlet sinnt auf Rache.

62,10 **Steinerne Gast:** Molières (1622–1673) Komödie *Don Juan* handelt von einem adligen Lebemann, einem notorischen Verführer und Betrüger, der schließlich vom steinernen Standbild des Mannes, den er einst getötet hatte, in die flammende Tiefe geschickt wird. Den Stoff hat auch der Komponist Wolfgang Amadeus Mozart (1756–1791) in seiner Oper *Don Giovanni* verarbeitet.

62,11 f. **Mitarbeiter von Macbeth:** Gemeint ist der königliche Heerführer Banquo in William Shakespeares Tragödie *Macbeth*. Banquo wird prophezeit, einst Stammvater von Königen zu werden. Doch Macbeth, ebenfalls Heerführer, reißt die königliche Macht an sich und lässt seinen Freund Banquo ermorden, um die Prophezeiung nicht in Erfüllung gehen zu lassen. Dieser erscheint ihm als Geist.

10. Prüfungsaufgaben mit Lösungshinweisen

Aufgabe 1: Analyse eines Textauszugs (1) aus Max Frischs *Biedermann und die Brandstifter. Ein Lehrstück ohne Lehre. Mit einem Nachspiel* (1958)

»Nimmer geziemt es dem Chor, / Richter zu sein über Bürger, / die handeln.« (S. 37) – Untersuchen Sie den Ausschnitt S. 35 (»CHOR Strahl der Sonne, / Wimper, o göttlichen Auges, / Aufleuchtet noch einmal / Tag / Über den traulichen Dächern der Stadt«) bis S. 40 (»CHORFÜHRER Der die Verwandlungen scheut / Mehr als das Unheil, / Was kann er tun / Wider das Unheil? / *Er folgt dem Chor.*«) im Hinblick auf die Entwicklung der Auseinandersetzung zwischen Chor und Biedermann.

Lösungshinweise

1. Einordnung des Textauszugs in die Gesamthandlung:

Das längere, mehrere Seiten umfassende Zwischenspiel zwischen Szene 3 und 4 markiert genau in der Mitte des Dramas eine inhaltliche Zäsur. Nach dem Verzicht auf die einzigartige Gelegenheit, die Verbrecher direkt der Polizei auszuliefern, und vor der Einladung der Brandstifter zu einem Abendessen unternehmen Chor und Chorführer einen einzigen, geradezu gewaltsamen, aber doch vergeblichen Versuch, Biedermann in ein Gespräch zu verwickeln und ihn vor der drohenden Katastrophe zu warnen.

2. Analyse und Interpretation

- Der Auftritt beginnt bei Tagesanbruch mit der beruhigenden Feststellung der Feuerwehrleute, dass »der schlafenden Stadt« in der vorausgegangenen Nacht »[n]ichts [...] geschehen« (S. 35) sei. Dem dreifachen Freudenruf »Heil uns!« (S. 35) folgt aber sofort der dreifache Warnruf »Wehe!« (S. 36), um den vorbeieilenden Biedermann auf seinem Weg zum Arbeitsplatz zu stoppen. Dessen strikte Weigerung, sich persönlich der Todesgefahr zu stellen, in der er und die ganze Stadt sich befinden, führt zum dreifachen Klageruf (»Weh uns!«, S. 40) des Chores und mündet in hoffnungslos-verzweifelten Vorwürfen des Chorführers angesichts der Passivität und Tatenlosigkeit Biedermanns: »Der die Verwandlungen scheut / Mehr als das Unheil, / Was kann er tun / Wider das Unheil?« (S. 40)
- Biedermann zeigt sich vorsätzlich blind für die Fakten. Er erwidert die Hinweise des Chores auf die Unübersehbarkeit terroristischer Aktivitäten (»Allzuverdächtiges, scheint uns, / Feuergefährliches hat sich enthüllt / Unseren Blicken wie deinen. / Wie soll ich's deuten? / Fässer voll Brennstoff im Dach –«, S. 36) mit brüsker Gegenwehr (»Was geht Sie das an!«, S. 36), mit der Zurückweisung von Schuld (»Ich bin unschuldig ...«, S. 37), mit Unterstellungen (»Soll das ein Verhör sein?«, S. 37), mit Fluchtreflexen (»Lassen Sie mich

durch, ja. […] Ich bin eilig«, S. 37) und mit Verdrängung (»Ich weiß wirklich nicht, was Sie wünschen«, S. 37).

- Nach diesen verbalen Abwehrversuchen mit Hilfe stereotyper Formeln verteidigt Biedermann auf kritische Nachfragen des Chores hin (»[W]ie hast du's gedeutet?«; »[W]as hast du gedacht?«, S. 37) sein verantwortungsloses Handeln weiterhin mit leeren Phrasen der Beliebigkeit, in denen er seine Gedanken- und Meinungsfreiheit (»[I]ch bin ein freier Bürger. Ich kann denken, was ich will. […] Ich habe das Recht, meine Herrn, überhaupt nichts zu denken«, S. 37) und die freie Verfügungsgewalt über seinen Besitz (»[S]chließlich und endlich bin ich der Hauseigentümer!«, S. 37) hervorhebt. Ebenso wie mit diesen Argumenten unterläuft Biedermann auch mit der pauschalen und emotional aufgeladenen Ablehnung von Vorurteilen (»Nicht immer nur das Böse sehen. Herrgottnochmal! Nicht jeder Mensch ist ein Brandstifter«, S. 38) die Bedrohlichkeit seiner tatsächlichen Situation. Schließlich verwickelt er sich in eine argumentativ unlogische Rechtfertigung seiner Tatenlosigkeit durch eine irrational wirre und widersprüchliche Gedankenführung wie in folgendem Beispiel:

  »Ich kann nicht Angst haben die ganze Zeit! […] Heute nacht, meinen Sie denn, ich habe ein einziges Auge geschlossen? Ich bin ja nicht blöd. Benzin ist Benzin!« (S. 38 f.)

- Die Differenz zwischen dem lyrisch-erhabenen Ton des Chors und der prosaischen Alltagssprache des Protagonisten verdeutlicht die Unterschiede im Umgang mit Biedermanns Versagen. Während dieser den Kern des Problems durch mitunter vulgäre und affektiv aufgeladene Ich-Botschaften verdeckt (»… kurz und gut, meine Herren, ich habe es satt«, S. 38), verdeutlicht jener den Ernst der Lage durch unmissverständliche und wirklichkeitsbezogene Äußerungen der nüchternen Feststellung (»Klug ist und Herr über manche Gefahr, / Wenn er bedenkt, was er sieht, / Der Mensch«, S. 35), der eindringlichen Beschwörung (»Heilig sei Heiliges uns«, S. 38), der beharrlichen Hinterfragung (»Wie soll ich's abermals deuten?«, S. 39) und der steten Warnung (»Hoffend, es komme das Gute / Aus Gutmütigkeiten, / Der nämlich irrt sich gefährlich«, S. 39). Dabei setzt der Chor zugleich der unkontrollierten Maßlosigkeit im Reden Gottlieb Biedermanns die eigene maßvolle Sprechweise der Bescheidenheit und der Selbstbeschränkung entgegen, indem er sagt: »Nimmer geziemt es dem Chor, / Richter zu sein über Bürger, die handeln.« (S. 37)
- Der dargestellte Konflikt zwischen dem Protagonisten der Dramenhandlung und dem Chor lässt keinen Konsens zu, weil Biedermann den rationalen, um eine Lösung des Problems bemühten Standpunkten der Feuerwehrleute mit irrationalen und daher nicht mehr objektiv verhandelbaren Stellungnahmen begegnet. Biedermanns Verhalten mündet schließlich in einer Fluchtbewegung, wenn er davoneilt und in einem Taxi wegfährt (S. 40).

Aufgabe 2: Analyse eines Textauszugs (2) aus Max Frischs *Biedermann und die Brandstifter. Ein Lehrstück ohne Lehre. Mit einem Nachspiel* (1958)

»ANNA Er will kein Haarwasser. / BIEDERMANN Sondern? / ANNA Menschlichkeit …« (S. 9) – Untersuchen Sie den Ausschnitt S. 12 (»BIEDERMANN Sie kennen mich, haben Sie dem Mädchen gesagt«) bis S. 17 (»SCHMITZ Jetzt ist er richtig, unser Wein«) im Hinblick auf die Überwältigungsstrategien von Schmitz im Gespräch mit Biedermann.

Lösungshinweise

1. Einordnung des Textauszugs in die Gesamthandlung

Der Verlauf des Gesprächs zwischen dem Fabrikanten Biedermann und dem ersten bei ihm eintreffenden Brandstifter Josef Schmitz bestimmt nahezu die gesamte erste Szene des Dramas. Er zeigt – im Vergleich zur Devotheit Biedermanns – die psychologische Raffinesse, mit welcher der Hausierer und ehemalige Schwergewichtsringer sich den Hausherrn Zug um Zug gefügig macht. In Szene 2 schließlich lässt sich auch Gottlieb Biedermanns Ehefrau Babette von dem fremden Mann so vereinnahmen, dass sie ihrerseits dem eintreffenden zweiten Brandstifter Willi Eisenring ohne das Wissen ihres Mannes Obdach gewährt. Damit sind bei dem Ehepaar die psychischen und mentalen Voraussetzungen dafür geschaffen, dass die Hausbesetzer ihre terroristischen Aktivitäten bis zum Brandanschlag fast ungehindert fortsetzen können.

2. Analyse und Interpretation

- Das zwischen Wohlstandsbürger und gesellschaftlichem Außenseiter bestehende hierarchische Gefälle und die damit verbundene äußerliche Machtasymmetrie stehen hier in einem umgekehrten Verhältnis zur tatsächlichen kommunikativen Überlegenheit des Deklassierten gegenüber demjenigen, welcher der sozialen Klasse der Herrschenden und Besitzenden angehört.
- Nachdem der fremde Mann zuvor die Dreistigkeit seines unerlaubten Eindringens in das Haus mit höflichen Formen der mehrfachen Begrüßung (»Guten Abend!«, S. 10), mit der Authentifizierung seiner Person (»Mein Name ist Schmitz. […] Schmitz Josef«, S. 10), mit der Zusicherung seiner eigenen Harmlosigkeit (»Ich bin kein Hausierer!«, S. 10) und mit mehrfachen Verweisen auf seine bemitleidenswerte Situation (»Bin nur gekommen, weil's draußen so regnet. […] Ich bin obdachlos«, S. 11) abgemildert hat, kann er nun bei einem reichhaltigen Abendessen, das ihm Biedermann trotz seiner vorherigen Bedenken zugesteht, diesen in ein persönliches Gespräch verwickeln.
- Biedermanns Satz »Sie kennen mich, haben Sie dem Mädchen gesagt« (S. 12) erweist schon bald seine witzige Doppeldeutigkeit. Josef Schmitz bejaht diese Aussage nämlich mit der metaphorischen Antwort

»Nur von Ihrer besten Seite«. Damit lässt Schmitz erkennen, dass er über die bloß äußerliche Personenkenntnis hinaus eine intime Kenntnis Biedermanns besitzt. In Verbindung mit dem Hinweis darauf, dass er – Schmitz – ihm »am Stammtisch« (S. 12) unbemerkt zugesehen und zugehört habe, ist sie schon als Taktik der Einschüchterung durch die Selbstinszenierung als heimlicher Zeuge zu deuten.

- Zugleich wirkt Schmitz' positive Antwort auf Biedermanns »Sie kennen mich« wie eine Bestätigung der nachfolgenden Ereignisse, denn der Brandstifter weiß sein Gegenüber zu manipulieren, indem er sich dessen Charakterschwächen zunutze macht.
- Dazu gehört als Erstes die paradoxe Bestätigung der öffentlichen und lautstark-aggressiven Forderung Biedermanns nach der Todesstrafe für die Brandstifter (»Aufhängen sollte man sie. Alle. Je rascher, um so besser. Aufhängen. Diese Brandstifter nämlich …«, S. 12), die Schmitz als »[d]as Einzigrichtige« (S. 12) bezeichnet. Über diesen pauschalen Zuspruch hinaus bestärkt Schmitz den Hausherrn durch mehrere schmeichelhafte Komplimente in dessen Selbstwahrnehmung als ›starker Mann‹:

»SCHMITZ Männer wie Sie […], das ist's, was wir brauchen! […] Sie sind noch vom alten Schrot und Korn, Sie haben noch eine positive Einstellung. […] Sie haben noch Zivilcourage. […] Sie haben noch ein Gewissen, das spürte die ganze Wirtschaft, ein regelrechtes Gewissen.« (S. 12)

- Anschließend stellt der ehemalige Schwergewichtsringer Biedermanns angeblichem Gewissen die Gewissenlosigkeit seines ehemaligen Arbeitgebers gegenüber, der als Zirkusdirektor die Peitsche als einzig wirksames Instrument gesehen habe, »um mit [s]einen Bestien fertigzuwerden« (S. 13). Indem Schmitz wie beiläufig ergänzt, dass der Dompteur später bei einem Brand zu Tode gekommen ist, schafft er die erforderliche Drohkulisse, um Biedermann so zu ängstigen, dass dieser den Fremden in seinem Haus übernachten lässt. Das weitere von Schmitz kolportierte Beispiel eines Mannes, der eine solche Beherbergung verweigert hatte und dafür mit körperlichen Verletzungen bestraft worden war (S. 14), ist geeignet, um Biedermann noch mehr einzuschüchtern.
- Gleichzeitig bestärkt Schmitz Biedermann weiterhin in dessen Bedürfnis nach einer Aufwertung seiner Person, indem er ihn als Menschenfreund darstellt, der »noch an das Gute in den Menschen und in sich selbst« (S. 14) glaubt und ›menschlich‹ zu bleiben vermag (S. 17). Mit diesen selbstverständlich ironisch zu verstehenden Aussagen der Wertschätzung kompensiert Schmitz das schlechte Gewissen, das Biedermann nach der unrechtmäßigen Kündigung seines Angestellten Knechtling hat, der zum selben Zeitpunkt vergeblich um ein Gespräch mit dem Haarwasserfabrikanten fleht. Biedermann muss, um den Eindruck seiner eigenen unmenschlichen Härte zum Verschwinden zu bringen, das tun, was Schmitz ihm in einem vermeintlich entlastenden Konditionalsatz na-

helegt: »Wenn Sie ein Unmensch wären, Herr Biedermann, dann würden Sie mir heute nacht kein Obdach geben, das ist mal klar.« (S. 17)

- Schmitz ›kennt‹ Biedermann so gut, dass er dessen Persönlichkeitsdefizite – sein narzisstisches Verlangen nach Anerkennung, sein bürgerliches Bedürfnis nach Wohlstand und Sicherheit, sein Interesse an der maximalen Durchsetzung eigener Vorteile, seine Feigheit und Falschheit sowie seine Furcht, um die Früchte seines bisherigen Lebens gebracht zu werden – zu seinen eigenen Gunsten ausspielen kann. Wenn er daher am Ende des Gesprächs anerkennend sagt »Jetzt ist er richtig, unser Wein« (S. 17), so ist diese Aussage nicht nur auf die Qualität des dargebotenen alkoholischen Getränks, sondern auch im übertragenen Sinne darauf zu beziehen, dass Schmitz in diesem Augenblick seinen ihm ursprünglich feindlich gesinnten Gastgeber wider dessen Willen im Anschluss an eine Reihe psychologischer Schachzüge zum willfährigen Objekt seiner verbrecherischen Absichten hat machen können.

11. Literaturhinweise/Medienempfehlungen

Textausgabe

Frisch, Max: Biedermann und die Brandstifter. Ein Lehrstück ohne Lehre. Mit einem Nachspiel. Frankfurt a. M.: Suhrkamp, [23]2020. [[1]1996.] (suhrkamp taschenbuch. 2545.)

Weiterführende Literatur

Bänziger, Hans: Fuchs, du hast die Gans gestohlen … (1978). In: Materialien zu Max Frisch *Biedermann und die Brandstifter*. Hrsg. von Walter Schmitz. Frankfurt a.M. 1979. S. 209–223.

Brewer, John T.: Max Frischs *Biedermann und die Brandstifter* als Dokument der Enttäuschung eines Autors (1971). In: Über Max Frisch II. Hrsg. von Walter Schmitz. Frankfurt a. M. 1976. (edition suhrkamp. 852.) S. 281–293.

Frisch, Max: Burleske. In: Tagebuch 1946–1949. Frankfurt a. M. 1991. S. 281–289.

Frisch, Max: Herr Biedermann und die Brandstifter – Rip van Winkle. Zwei Hörspiele. Frankfurt a. M. 1976. (suhrkamp taschenbuch. 599.)

Heidsieck, Arnold: Absurdes und Groteskes in Max Frischs *Biedermann und die Brandstifter*. In: Materialien zu Max Frisch »Biedermann und die Brandstifter«. Hrsg. von Walter Schmitz. Frankfurt a. M. 1979. S. 254–257.

Hofmannsthal, Hugo von: Jedermann: Das Spiel vom Sterben des reichen Mannes. Hrsg. von Andreas Thomasberger. Stuttgart 2000. (Reclams Universal-Bibliothek. 18037.)

Karasek, Hellmuth: *Biedermann und die Brandstifter* (1966). In: Über Max Frisch I. Hrsg. von Thomas Beckermann. Frankfurt a. M. [7]1976. (edition suhrkamp. 404.) S. 137–146.

Knust, Herbert: Moderne Variationen des Jedermann-Spiels. In: Materialien zu Max Frisch *Biedermann und die Brandstifter*. Hrsg. von Walter Schmitz. Frankfurt a. M. 1979. S. 223–245.

May, Yomb: Literarische Grundbegriffe. Erw. und aktual. Ausg. Stuttgart 2021. (Reclam Kompaktwissen XL. 15243.)

Molière: Don Juan. Komödie in fünf Akten. Aus dem Frz. übertr. von Arthur Luther. Nachwort von Jürgen von Stackelberg. Stuttgart 2007 [u. ö.]. (Reclams Universal-Bibliothek. 5402.)

Polt-Heinzl, Evelyne: »Max Mell, wie immer der gehässigste«. In: *Volltext* 3 (2018). Online: volltext.net/texte/max-mell-wie-immer-der-gehaessigste/. 17. 5. 2019 (Stand: 16. 3. 2022).

Schmitz, Walter: Biedermanns Wandlungen. Von der »Burleske« zum »Lehrstück ohne Lehre«. In: Max Frisch. Hrsg. von Walter Schmitz Frankfurt a. M. 1987. (suhrkamp taschenbuch materialien. 2059.) S. 229–260.

Schmitz, Walter: Max Frisch: *Biedermann und die Brandstifter*. Bürgerliche Gesellschaft ohne Werte. In: Interpretationen. Dramen des 20. Jahrhunderts. Bd. 2. Stuttgart 1996. (Reclams Universal-Bibliothek. 9461.) S. 45–70.

Schmitz, Walter (Hrsg.): Materialien zu Max Frisch *Biedermann und die Brandstifter.* Frankfurt a.M. 1979. (suhrkamp taschenbuch. 503.)

Shakespeare, William: Hamlet. Übers. von August Wilhelm Schlegel. Hrsg. von Dietrich Klose. Stuttgart 2014 [u. ö.]. (Reclams Universal-Bibliothek. 31.)

Shakespeare, William: Macbeth. Übers. von Dorothea Tieck. Hrsg. von Dietrich Klose. Stuttgart 2014 [u. ö.]. (Reclams Universal-Bibliothek. 17.)

Sophokles: Antigone. Tragödie. Übers. von Kurt Steinmann. Hrsg. von Mario Leis und Nancy Hönsch. Durchges. Ausg. Stuttgart 2021. (Reclam XL. Text und Kontext. 16106.)

Ueding, Cornelie: Vor 60 Jahren: Uraufführung von *Biedermann und die Brandstifter.* Radiosendung »Kalenderblatt« des Deutschlandfunks (DLF) vom 29. März 2018. Online: www.youtube.com/watch?v=hLykoffrFmQ (Stand: 16. 3. 2022).

Weber, Werner: Zu Frischs *Biedermann und die Brandstifter.* In: Max Frisch. Hrsg. von Walter Schmitz. Frankfurt a.M. 1987. (suhrkamp taschenbuch materialien. 2059.) S. 225–229.

Hörspiele

Biedermann und die Brandstifter. Hörspiel mit Wilfried Seyferth, Petra Hofer [u. a.]. Regie: Friedrich Sauer. Bayerischer Rundfunk 1953. Online: www.youtube.com/watch?v=CBkpJOCrooo (Stand: 16. 3. 2022).

Biedermann und die Brandstifter. Die Bremer Fernsehfassung. Mit Siegfried Lowitz und Bruni Löbel [u. a.]. Drehbuch: Max Frisch. Regie: Rainer Wolffhardt. Radio Bremen 1966. Online: www.youtube.com/watch?v=miUILyKWrRw (Stand: 16. 3. 2022).

Filme

Biedermann und die Brandstifter. Österreich 1963. Regie: Hellmuth Matiasek. Darsteller: Fritz Muliar (Gottlieb Biedermann), Grete Zimmer (Babette Biedermann), Josef Schmitz (Helmut Qualtinger), Wilhelm Maria Eisenring (Kurt Sowinetz) u. a. 90 Minuten.

Biedermann und die Brandstifter. Deutschland 1967. Regie: Rainer Wolffhardt. Drehbuch: Max Frisch. Darsteller: Siegfried Lowitz (Gottlieb Biedermann), Bruni Löbel (Babette Biedermann), Ruth Drexel (Anna), Herbert Bötticher (Wilhelm Maria Eisenring), Harry Kalenberg (Josef Schmitz). s/w. 81 Minuten. Online: https://www.youtube.com/watch?v=miUILyKWrRw (Stand: 16. 9. 2022).

12. Zentrale Begriffe und Definitionen

Allegorie: von griech. *allegoria* ›verschleierte Sprache‹; künstlerische Darstellung eines abstrakten Gedankens oder Sachverhalts in der Form eines konkreten symbolhaften Bildes. Bekannte allegorische Sinnbilder sowohl in der bildenden Kunst als auch in der Literatur sind etwa diejenigen des Todes in der Gestalt eines mit einer Kutte bekleideten Skeletts mit einer Sense in der Hand.
➤S. 92

Antiheld, Antiheldin: ➤**Held, Heldin**
➤S. 12

Apostelspiel: geistliches ➤**Drama** mit der Darstellung von Ereignissen aus dem Leben der Apostel, also der von Jesus Christus beauftragten Sendboten des christlichen Glaubens.
➤S. 62, 64 f., 93

Bild: In der erzählenden Literatur dienen Bilder der Veranschaulichung von Situationen, Sachverhalten, Wahrnehmungen. In seiner einfachsten Form, dem eigentlichen Bild, handelt es sich um konkrete Beschreibungen der (fiktiven) Wirklichkeit. In seiner komplexen Form verweist es in abstrahierender Weise über sich hinaus auf eine Idee mit allgemeiner Bedeutung. So illustriert und karikiert beispielsweise das Bild des in seiner ›Stube‹ rauchenden, Zeitung lesenden und Wein trinkenden Gottlieb Biedermann die fragwürdige Lebensführung und Lebenshaltung des spießigen Wohlstandsbürgers.
➤S. 77, 85, 107

Burleske: von dem italienischen Wort *burla* (›Scherz,Spaß‹)

abgeleitete Gattungsbezeichnung für einen literarischen Text, aber auch ein musikalisches oder tänzerisches Werk, in dem die alltäglichen Fehler gewöhnlicher Menschen in derber Drastik lächerlich gemacht und die Verspotteten bloßgestellt werden. Typisch burleske Ausdrucksformen sind beispielsweise in der ➤**Farce**, in der ➤**Komödie**, in der ➤**Posse** und im ➤**Schwank** enthalten.

➤ S. 65

Charakter: Bezeichnung für jede literarische Figur, die sich – im Gegensatz zum ➤**Typus** – durch unverwechselbare individuelle Eigenschaften auszeichnet.

➤ S. 40

Chor: von griechisch *choros* ›Tanzplatz‹, Tanz mit Gesang, Gesamtheit der Chorsängerinnen und -sänger. In der antiken griechischen Tragödie bezeichnet der Chor eine Gruppe von 12 bis 15 Figuren, die mit Gesang oder in einem gemeinsamen Sprechvortrag die Geschehnisse auf der Bühne begleitend berichten und kommentieren sowie auch in die Handlung eingreifen. In der klassischen Gestaltung der attischen Tragödie (um 490–406 v. Chr.), zu deren herausragenden Vertretern Aischylos, Sophokles und Euripides gehören, gliedert sich der Chorgesang in das Einzugslied (*Parodos*), das Standlied (*Stasimon*) zwischen den Auftritten der Schauspieler und das Auszugslied (*Exodos*). Daneben tritt der Chor auch in einen Wechselgesang (*Amoibaion*) mit den Schauspielern.

➤ S. 7, 17, 27, 30, 37 f., 52, 61, 71–74, 79, 86, 104, 114–117

Dialog: Gespräch zwischen zwei oder mehreren Figuren.

➤ S. 44, 61

Dithyrambus: kultisches Chorlied im antiken griechischen

Theater, bei dem zu einem metrisch unterschiedlich festgelegten Rhythmus auch musiziert und getanzt wurde.

➤ S. 72

Drama: literarische Groß- und Gattungsform neben Epik und Lyrik. In ihrer Grundform sind Schauspiele zur Darstellung von (tragischen) Konflikten in Akte und Szenen eingeteilt, mit denen die Handlung inhaltlich in die Verlaufsphasen der Einführung (*Exposition*), der Steigerung (*Klimax*), des dramatischen Umschlags (*Peripetie*, Wende), der Verzögerung (retardierendes Moment) und der Katastrophe gegliedert ist.

➤ S. 7, 19, 44, 57, 64 f., 71 f., 75, 78, 87 f., 90 f., 93, 97, 101, 103 f., 106 f., 112, 114, 118

Farce: kurzes, volkstümliches Theaterschauspiel in Versform, in dem zur Belustigung des Publikums menschliche Schwächen und Fehler bloßgestellt werden. Mit seiner vulgären Komik unterscheidet es sich praktisch nicht von der ➤**Posse**.

➤ S. 57 f., 81, 103

Figur: im Text auftretende fiktive Person. Man unterscheidet Haupt- und Nebenfiguren.

➤ S. 38 f., 46, 48, 52, 60, 75, 92 f., 98

Groteske, grotesk: Steigerungsform der Komik, bei der die Wirklichkeit in irrealer Weise und häufig in kritischer Absicht verdreht und verzerrt wird. *Biedermann und die Brandstifter* enthält eine Fülle grotesker Momente. Wie eine leitmotivische Kette lächerlicher Dummheit etwa wirken beispielsweise alle Versuche der ➤**Titelfigur**, die Wirklichkeit in ihr Gegenteil zu verkehren, so unter anderem die an den verdächtigen Hausierer Schmitz gerichtete

Bitte zu »versprechen«, dass er »aber wirklich kein Brandstifter« (S. 18) sei. Grotesker Höhepunkt des Dramas ist der Moment, in dem der Bürger Biedermann den Brandstiftern auf deren Aufforderung hin Zündhölzer aushändigt.

➤ S. 19, 32, 57–59, 61, 92

Held, Heldin: starke Persönlichkeit mit überragenden körperlichen, seelischen und geistigen Eigenschaften. In der Literaturwissenschaft auch allgemeine Bezeichnung der Hauptperson eines epischen oder dramatischen Werkes. Der Begriff des ➤**Antihelden** und der **Antiheldin** beinhaltet ausdrücklich negative Eigenschaften einer Hauptfigur mit ihren menschlichen Schwächen, Widersprüchen und Fehlern.

➤ S. 12, 65, 91

Improvisationstheater: ➤**Stegreifspiel**

➤ S. 92 f.

Ironie, ironisch: Redemittel, bei dem das Gegenteil von dem gesagt wird, was gemeint ist.

➤ S. 44, 49 f., 81, 96, 121

Kammerspiel: Theaterstück, dessen Handlung sich auf einen eng umgrenzten Innenraum und wenige Figuren konzentriert.

➤ S. 7

Knittelvers: Er besteht in der Regel (beim sogenannten ›strengen Knittelvers‹) aus acht oder neun Silben mit vier Hebungen (betonten Silben); bei acht Silben endet der Vers betont, bei neun Silben unbetont. Die Verse sind paarweise gereimt.

➤ S. 93

Komik: Ihre Wirkung bezieht die Komik aus dem Gegensatz zwischen Anspruch und Wirklichkeit, zwischen Schein und Sein. Wenn etwa Babette sich mit den Worten »wir sind keine Spießer« (S. 18) einführt, so wird das Publikum aus den folgenden Ereignissen den Schluss ziehen können, dass das Gegenteil dieser Behauptung stimmt.

➤ S. 60 f., 72 f., 108

Komödie: bezeichnet im Gegensatz zur Tragödie ein Drama mit komisch-witzigen Situationen und Dialogen sowie eine Handlung mit glücklichem Ausgang.

➤ S. 32, 57, 60 f., 71, 74, 88, 93, 112

Lakonik, lakonisch: kurze, trockene aber treffende Ausdrucksweise.

➤ S. 20, 62, 65

Lehrstück: Im Gegensatz zum traditionellen Illusionstheater zielt diese von dem Dramatiker Bertolt Brecht (1898–1956) entwickelte Form des Schauspiels durch die ausdrückliche Zurschaustellung und Kommentierung von Missständen auf gesellschaftliche Veränderungen. Max Frisch nimmt diesen pädagogisch-didaktischen Anspruch im Untertitel seines Stückes *Biedermann und die Brandstifter* durch den Zusatz »Ein Lehrstück ohne Lehre« in negativer Weise auf.

➤ S. 7, 12, 15, 57, 74, 87

Motiv: typisches und daher kulturell wiederkehrendes Element, mit dem in Literatur, bildender Kunst, Architektur und Musik Grundsituationen der menschlichen Lebenswelt und Wahrnehmung schematisch verdichtet werden. Aus der sehr großen Zahl von bekannten künstlerischen Motiven lassen sich exemplarisch diejenigen der Stiefmutter oder des Wolfs im Märchen erwähnen. Markante Beispiele, die ihrerseits biblischen Ursprungs sind und mit dem Feuer in Verbindung stehen, sind der brennende Dornbusch, aus dem heraus nach alttestamentlicher Erzählung Gott dem Moses erschien (Altes Testament, 2. Mose 3,2), sowie die »Zungen, zerteilt, wie von Feuer« (Neues Testament, Apostelgeschichte 2,3), die gemäß der neutestamentlichen Apostelgeschichte vom Himmel auf die Jünger Jesu herabkommen und sie mit dem Heiligen Geist erfüllen (Pfingstfest).

Je nach ihrer Häufigkeit und Intensität innerhalb eines Werkes unterscheidet man zwischen Leit- und Neben- oder Randmotiven.

➤S. 15, 19, 78, 98, 107

Mysterienspiel: als Oberbegriff von Dramen mit religiösen Inhalten wie etwa im ➤**Passionsspiel**. Während dieses thematisch auf das Leiden und den Kreuzestod Jesu Christi begrenzt ist, enthalten Mysterienspiele auch weitergehende Handlungsmotive biblischen, spirituellen, magischen und mystischen Ursprungs. Hugo von Hofmannsthals *Jedermann* ist als modernes Mysterienspiel aufzufassen, in welchem die Endlichkeit des menschlichen Lebens und die aus der Auseinandersetzung mit dem Tod erwachsende Frage nach diesseitiger Verantwortung und Schuld zum Gegenstand eines dramatischen existentiellen Konflikts gemacht wird.

➤S. 62, 64, 93, 112

Parabel: von griechisch *parabole* ›Vergleichung‹; gleichnishafte Erzählung mit mehrdeutigem und vielfach rätselhaftem Gehalt. Die konkrete Bildebene der erzählten

Handlung verweist auf eine abstrakte Sachebene, die nur durch Analogiebildung zu erkennen ist.

➤ S. 7, 57, 59, 103

Parodie: Nachahmung der Form einer künstlerischen Vorlage, die jedoch zugleich inhaltlich so verfremdet wird, dass eine komische Wirkung entsteht. So parodiert die durch den Brandstifter Josef Schmitz grotesk (➤**groteske, grotesk**) übertriebene und verfremdete szenische Darstellung einer Begegnung mit dem personifizierten Tod in *Biedermann und die Brandstifter* in erkennbarer Weise Hugo von Hofmannsthals Theaterstück *Jedermann. Das Spiel vom Sterben des reichen Mannes* aus dem Jahre 1911.

➤ S. 58, 62 f., 66, 93

Passionsspiel: geistliches, am Karfreitag vor Ostern zur Aufführung gebrachtes Drama mit Darstellungen der Geschichte vom Leiden und Sterben Jesu; im Verlauf seiner Entwicklung im späten Mittelalter wurde das Passionsspiel vom Innenraum der Kirchen auf den Marktplatz verlegt und dort auch um possenhafte Teufels- und Engelsszenen ergänzt (➤**Posse**).

Plot: Gerüst eines Handlungsverlaufs.

➤ S. 97

Posse: ein volkstümlich-derbes Bühnenstück, das wie die ➤Farce das Publikum durch Handlungs- und Situationskomik zum Lachen bringt, so etwa durch das Spiel mit grotesken Verwechslungen, witzigen Zufällen und vulgären Rede- und Handlungsweisen.

➤ S. 57 f., 61, 81, 84

Prosaskizze: kurzer, bewusst nur flüchtig ausgearbeiteter

Prosatext, meist als inhaltlicher Entwurf eines umfangreicheren Werks.

➤ S. 65, 97

Schwank: seit dem Mittelalter beliebte Form einer kurzen scherzhaften Erzählung oder eines derb-komischen Theaterspiels. Im Mittelpunkt der Darstellung stehen harmlos-lustige Szenen aus dem Alltag der unteren Gesellschaftsschicht, die das Publikum durch ihre oft vulgäre Sprache und den witzigen Inhalt zum Lachen bringen. Das niederdeutsche Volksbuch *Till Eulenspiegel* (1510), eines der in Deutschland bekanntesten Schwanksammlungen, handelt von den ›Historien‹ eines listigen Schalks, der sich als Narr gibt und die Menschen mit raffinierten, aber auch boshaften Streichen bloßstellt und/oder auf gesellschaftliche Missstände aufmerksam macht.

Stegreifspiel: ohne Vorbereitung durchgeführtes ➤**Improvisationstheater**, bei dem die Schauspielerinnen und Schauspieler ›aus dem Stegreif‹, also mit spontanen Texten und Verhaltensweisen interagieren, so etwa in possenhaft-komischen Einlagen im ernsten geistlichen Drama des Mittelalters (➤**Posse**). Diese Vorform des Theaterspiels ist im 16. Jahrhundert die Grundlage für die volkstümlichen, aus den italienischen Karnevalsspielen entstandenen Stegreifkomödien der Commedia dell'Arte. Spätere Formen von Stegreifspiel und -komödie findet man insbesondere im Wiener Volkstheater des 18./19. Jahrhunderts.

➤ S. 93

Stoff: hier: künstlerischer Sammelbegriff für Geschichten, die seit der Frühzeit des Menschen und bis in die Gegenwart hinein den Kernbestand an traditionellen Erzählungen bilden. Die alttestamentliche Geschichte der beiden Städte Sodom und Gomorrha, die von Gott mit einem Regen aus Feuer und Schwefel für die Sündhaftigkeit ihrer Bewohner bestraft werden, ist beispielsweise als künstlerischer Stoff so bekannt, dass allein die Nennung der biblischen Städtenamen durch Biedermann (S. 46) unmittelbar die Vorstellung eines unmoralischen Zustands extremer Ausschweifungen hervorruft.

➤ S. 66, 113

Szene: Gliederungseinheit eines Schauspiels oder Films sowie auch Erzähleinheit eines epischen Textes; eine Szene bezeichnet den inhaltlich umgrenzten Teil eines künstlerischen Gesamtwerks, so etwa die überraschend gastfreundliche Aufnahme des mutmaßlichen Brandstifters Josef Schmitz durch Gottlieb Biedermann oder den irrwitzigen Verlauf des Abendessens im Haus des Haarwasserfabrikanten in Szene 6.

➤ S. 7–11, 17–19, 22, 24, 27, 30, 32, 39, 43 f., 60, 62, 73, 83, 85, 87 f., 91, 93, 114, 118

Titelfigur: Figur, deren Name auch im Titel eines Werks benannt wird, so etwa in vielen Shakespeare-Dramen (Hamlet, Macbeth, Othello u. a.).

➤ S. 39, 60, 75, 93, 98

Typenkomödie: Lustspiel, dessen komische Handlung im Gegensatz zu derjenigen der Charakterkomödie nicht durch Personen mit individuellen Zügen, sondern durch karikaturhaft überzeichnete Figurentypen getragen wird, die bestimmte negative Eigenschaften verkörpern. Besonders bekannt sind etwa die ➤**Titelfiguren** »Der Geizige«, »Der eingebildete Kranke« oder »Der Menschenfeind«, mit denen der weltberühmte französische Dramatiker Jean-Baptiste Poquelin, genannt Molière (1622–1673), im 17. Jahrhundert kritikwürdige Verhaltensweisen und menschliche Schwächen zum Gegenstand der gesellschaftlichen Aufmerksamkeit machte. In dem Stück *Biedermann und die Brandstifter*, das ebenfalls als Typenkomödie bezeichnet werden kann, gibt Gottlieb Biedermann, der personifizierte Typus eines konformistischen Mitläufers und Spießers, seinerseits einen Hinweis darauf, dass er Kenntnis von Molières Komödie *Don Juan* hat, in welcher die typischen Verhaltensweisen eines notorischen Verführers lächerlich gemacht werden.

➤ S. 60

Zynismus, zynisch: eine von Mitleidlosigkeit, Gefühlskälte und Menschenverachtung geprägte Haltung, die im Unterschied zum bitteren Spott und Hohn des Sarkasmus weniger Ausdruck einer Enttäuschung als vielmehr eines beißend-verletzenden Spotts und Hohns ist. Zynismus ist das rhetorische Mittel einer rücksichtslos-aggressiven Machtdemonstration.

➤ S. 33, 49, 51, 65, 80, 95